AF357098

Mes Beaux
Contes Mythologiques

Mes Beaux
Contes Mythologiques

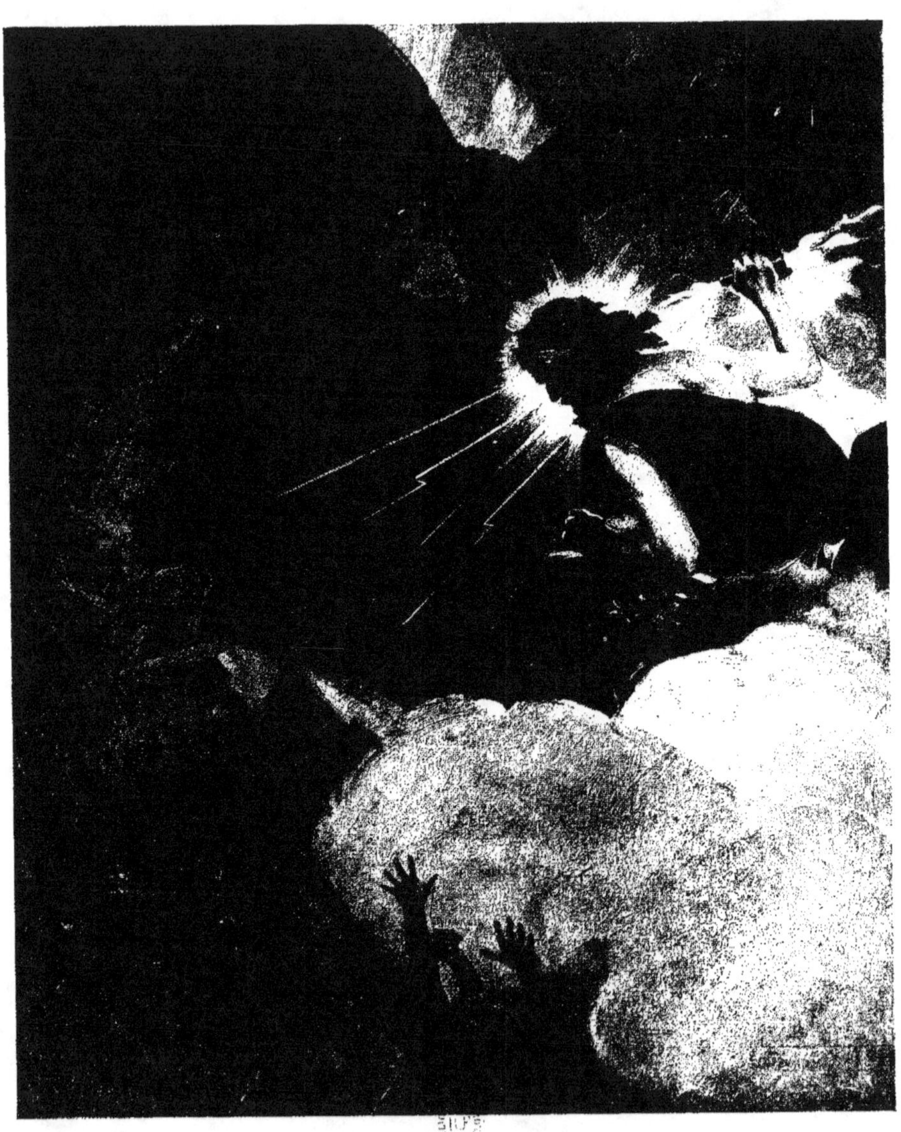

JUPITER VAINQUEUR DES TITANS

Mes Beaux Contes Mythologiques

PAR

MADEMOISELLE H.-S. BRÉS

ALBUM ILLUSTRÉ DE 66 GRAVURES

en Noir et en Couleurs

PARIS

LIBRAIRIE HACHETTE

79, Boulevard Saint-Germain, 79

NYMPHES ET SATYRES S'EMPRESSAIENT AUTOUR DE JUPITER ENFANT ET LA CHÈVRE AMALTHÉE LUI FOURNISSAIT SANS SE LASSER UN LAIT ABONDANT ET EXQUIS.

AU COMMENCEMENT

Voici ce qu'autrefois les blondes chèvres de la Grèce racontaient à leurs chevreaux en se redressant fièrement :

Notre aïeule, la belle chèvre Amalthée, a été la nourrice du puissant Jupiter, Roi des dieux... C'était au commencement du monde, quand le Ciel avait épousé la Terre ; ils avaient eu beaucoup d'enfants, tous si grands et si forts que leur père avait peur d'eux et pensait : « Qui sait si un jour ils ne s'uniront pas pour me renverser » ?

Dans cette crainte, à mesure que ses fils grandissaient, il tuait les plus robustes, et, soulevant les montagnes, il les enterrait dessous.

La mère, affolée de douleur, finit par fabriquer une grande faux d'acier et elle dit à ses enfants encore vivants :

« La mort de vos frères remplit mon cœur d'épouvante ; ne les vengerez-vous pas ?

— Oui ! dit Saturne, l'aîné, donne-moi la faux. »

Alors il faucha le père cruel, comme les épis des moissons, et régna à sa place. Mais, se souvenant qu'il avait tué son père, Saturne, à son tour, eut peur de ses enfants et il pensa : « Mieux vaut qu'ils disparaissent tout petits ». — Donc, il se mit à les dévorer dès leur naissance, malgré les cris et les larmes de sa femme Cybèle.

A la fin, celle-ci pensa : « Pourquoi n'essayerais-je pas d'emmailloter une grosse pierre? Le soir, je la présenterai à mon mari, il croira voir un nouveau-né, et sa bouche énorme avalera tout ».

SATURNE CRAIGNANT QUE SES ENFANTS NE PRISSENT SA PLACE LES DÉVORAIT.

* *

La ruse réussit et Cybèle sauva ses enfants : Jupiter, Junon, Cérès, Neptune et Pluton. Tandis que Saturne croyait les avoir mangés, ils étaient bien vivants, cachés dans les montagnes de la grande île de Crète et tendrement soignés par toutes les déesses des campagnes. Celles des eaux, les Naïades, baignaient les enfants dans leurs frais ruisseaux ; celles des forêts, les Dryades, jouaient avec eux à l'ombre de leurs grands arbres ; celles des champs, les Nymphes, veillaient sur leur sommeil. Quand ils avaient soif, Amalthée, la plus superbe chèvre du pays, belle de pelage et de cornes, leur offrait sans se lasser son lait abondant et exquis, car elle ne broutait que des herbes parfumées. Quand ils pleuraient, de peur que Saturne n'entendît leurs cris, les bonnes nymphes dansaient autour d'eux en frappant des cymbales,

ASSIS AU MILIEU DES ÉCLAIRS ET DU TONNERRE, JUPITER RÉGNAIT SUR LES HOMMES.

POUR DÉTRÔNER JUPITER, LES TITANS S'EFFORCÈRENT D'ESCALADER LE CIEL EN ENTASSANT LES MONTAGNES ;
MAIS ILS SORTIRENT VAINCUS DE CETTE LUTTE GIGANTESQUE.

Amalthée faisait tinter sa clochette et les Faunes, qui sont des petits dieux champêtres, jouaient de la flûte dans les environs.

*
* *

Lorsque les enfants furent grands, Jupiter, l'aîné, était le plus beau de tous et le plus intelligent, et il avait apprivoisé un aigle énorme qui lui obéissait.

Un jour l'aigle, qui volait sans cesse à travers le monde, lui raconta ceci : « Ton père Saturne est mort, et des géants énormes, qui sont « forts chacun comme cinquante hommes, arrachent les montagnes de leur « place et les entassent l'une sur l'autre, pour s'emparer du ciel ».

Aussitôt, Jupiter se leva, disant : « Allons défendre mon héritage » ! Il déclara donc la guerre aux Titans et leur livra des batailles terribles. Quels éclairs flamboyants ! Quels tonnerres retentissants ! La terre tremblait, craquait, vomissait des flammes ; les océans ébranlés se gonflaient en vagues monstrueuses qui engloutissaient les continents... Enfin, les montagnes accumulées s'écroulèrent et écrasèrent les Titans vaincus.

Alors, au-dessus des nuages, sur le sommet du mont Olympe, dans une région céleste et toujours pleine de lumière, Jupiter triomphant fit paraître un palais magnifique; puis, s'asseyant sur un trône d'or massif avec son aigle à ses pieds, sa main droite pleine d'éclairs éblouissants, il fit venir ses frères et ses sœurs pour partager avec eux l'empire du monde.

Junon devint sa femme et Cérès fut la déesse des moissons. A Neptune il donna le gouvernement des mers, afin qu'il les apaisât et les soulevât à sa volonté; à Pluton, celui des abîmes sous la terre, où se trouve le sombre Royaume des morts. ..

*
* *

Jupiter et Junon habitèrent l'Olympe. Les autres dieux séjournaient plutôt sur la terre, dans quelque demeure favorite : vallées fleuries, fraîches grottes, sombres forêts, îles bercées par les vagues...

Mais, aux jours d'assemblée, tous les dieux, parés de riches vêtements brodés de belles couleurs, venaient prendre place à la table des festins olympiens, entourée de trônes d'or. La jolie Hébé, déesse de la Jeunesse, allait et venait pour le service, car Junon lui avait dit : « C'est toi, ma fille, qui, dans les festins, veilleras aux soins des hôtes de l'Olympe ; tu verseras dans les coupes et dans la vaisselle d'or le nectar et l'ambroisie qui donnent l'immortalité ».

Alors, sans cesse remplies jusqu'au bord de laitage ou de fruits exquis, circulaient les cornes d'abondance, chères à Jupiter, car elles lui rappelaient la corne brisée d'Amalthée, sa bonne nourrice, qui la lui avait offerte pleine de fromage gras, le jour où il lui avait dit adieu pour aller com-

SUR L'ORDRE DE JUPITER SON AIGLE ENLÈVE GANYMÈDE
POUR EN FAIRE L'ÉCHANSON DE L'OLYMPE.

battre les Titans. Mais, un jour, Hébé accrocha sa robe au trône de son père et renversa sa cruche précieuse ; elle en fut si honteuse qu'elle ne voulut plus jamais paraître dans les fêtes, et Junon ne savait qui mettre à sa place.

Or Jupiter, regardant vers la terre, aperçut le jeune Ganymède qui était admirablement beau. Il gardait les troupeaux de son père et justement il puisait l'eau pour les abreuver, désaltérant d'abord les chèvres et leurs chevreaux, les

C'EST L'AGE D'OR : LE BONHEUR, LA PAIX, L'ABONDANCE RÈGNENT DANS L'UNIVERS ENTIER.

brebis et leurs agneaux.... « Voilà qui me plaît », pensa Jupiter et il ordonna à son aigle d'enlever Ganymède, qui devint ainsi l'échanson de l'Olympe.

*　*　*

Pendant ce temps, les hommes prenaient possession de la terre et ce fut l'Age d'or, où tout était à souhait : fleuves de lait, ruisseaux de miel, arbres toujours couverts de fleurs et de fruits ; jamais d'hiver, jamais non plus d'été brûlant. Et dans ce monde merveilleux les hommes étaient justes et bons, robustes et joyeux. Ils n'avaient pas besoin de tribunaux, car ils n'avaient jamais de procès entre eux. Ils n'avaient pas de forteresses pour se défendre, car nul ne songeait à s'emparer des terres du voisin. Pas d'armes ni d'armées. C'était partout et toujours la paix.

En outre, les dieux leur enseignaient mille choses qui peu à peu les rendaient plus habiles et plus intelligents. Même un demi-dieu, Prométhée, ayant vu combien le feu est puissant, déroba pour eux une étincelle de la foudre en la cachant dans la tige creuse d'un roseau.

« Sois maudit ! s'écria Jupiter, les hommes vont devenir égaux à nous ».

Alors, il fit enchaîner Prométhée sur un rocher inaccessible du Caucase où pendant trente mille ans un vautour dut venir chaque jour déchirer son foie, qui se reformait chaque nuit.

LA BOÎTE DE PANDORE

Voici comment finit l'Age d'or, où il n'y avait sur la terre ni chagrins, ni maladies, ni méchanceté :

LES hommes, instruits par Prométhée, devinrent orgueilleux et ils se moquaient des dieux. Alors Jupiter décida de les punir et, appelant son fils Vulcain, qui était le dieu du feu, il lui dit : « Forge moi une belle statue : c'est elle qui portera aux hommes le châtiment qu'ils méritent. »

Vulcain était si laid à sa naissance que sa mère, Junon, l'avait laissé tomber de l'Olympe sur la terre. Il en resta boiteux. Mais il était ingénieux et devint le roi des Cyclopes, les géants forgerons qui n'avaient qu'un œil au milieu du front et qui fabriquaient tantôt les éclairs et le tonnerre, tantôt des objets admirables, avec les métaux du sein de la terre. Ainsi les sièges d'or de l'Olympe et toutes les choses qui plaisent aux dieux pour leurs parures ou leurs temples étaient son œuvre.

Bientôt Vulcain, noir de fumée, sortit boitillant de sa forge en portant dans ses bras une admirable statue blanche et rose comme la flamme de son feu et il se rendit sur le mont Olympe, où il appela tous les Immortels pour admirer son bel ouvrage. La déesse Minerve arriva la première, et elle trouva la statue si charmante qu'elle lui donna un baiser... ce qui rendit la statue vivante.

SOUS LA CONDUITE DE VULCAIN, LES CYCLOPES TRAVAILLENT DANS LES FORGES DE L'ETNA.

* *

Alors chaque déesse et chaque dieu voulut lui offrir un cadeau pour sa toilette : robe et ceinture, voile et colliers, bracelets et pendants d'oreilles, dont la belle étrangère se para immédiatement.

Puis quelqu'un dit : « Comment allons-nous la nommer ? »

Minerve répondit : « Son nom sera Pandore (ce qui en grec veut dire : Celle qui possède tous les dons) ; et

JALOUSE D'ARACHNÉ, MORTELLE QUI PRÉTENDAIT TISSER AUSSI BIEN QU'UNE DÉESSE, MINERVE LA
SURPRIT EN PLEIN TRAVAIL ET LA MÉTAMORPHOSA EN ARAIGNÉE.

un de ces jours je lui offrirai en outre des aiguilles et des fils de soie,
afin qu'elle devienne une habile brodeuse. »

— Comme Arachné ! fit ironiquement Neptune.

Minerve détourna la tête, car ce nom lui rappelait un mauvais jour.
On lui avait raconté que la jeune brodeuse Arachné, achevant un beau
tapis, le montrait en disant : « Minerve elle-même ne travaille pas
mieux que moi. » A ces mots, le cœur de la déesse s'était enflammé de
colère, car elle était admirablement habile à tous les ouvrages des femmes, et elle avait changé en araignée l'ouvrière orgueilleuse. Mais elle
n'aimait pas qu'on lui rappelât cette cruelle vengeance...

*
* *

A ce moment, Vulcain demanda : « Qui sera le mari de notre Pandore ? »

— Je vais m'informer, s'écria Mercure, déployant les ailes de son chapeau
et de ses sandales, pour s'envoler comme un oiseau.

LA JOLIE ET CURIEUSE PANDORE OUVRE LA BOITE QUE LUI CONFIA JUPITER.

Bientôt il revint disant : « Si Pandore veut venir avec moi, je la conduirai chez le roi Epiméthée ; il désire se marier et il a déjà acheté pour sa femme une écharpe semblable aux nuages illuminés par le soleil levant. »

La jeune fille était prête à partir, et sans retard. Mais Jupiter l'arrêta et, d'un air mystérieux, lui plaça dans les mains une étrange boîte d'ivoire, telle qu'un coffret à bijoux, que liait une large vipère d'or souple sept fois enroulée, et si admirable que Pandore songea aussitôt : « Sûrement une surprise précieuse est cachée là-dedans. » Mais Mercure, plus perspicace, se méfiait.

⁂

Les voyageurs se mirent en route. Cette fois, Mercure n'employait pas ses ailes, car Pandore marchait à petits pas : c'était sa première promenade, et elle regardait autour d'elle, trouvant la terre bien jolie.

Tout à coup, au pied d'une colline, au moment de passer un ruisseau, Mercure, enflant sa voix, cria : « Montagne, dis-moi ton nom? »

Aussitôt une voix lointaine répondit plusieurs fois : « Non, non, non. »

Pandore s'arrêta effrayée pour prêter l'oreille : « Qui parle ainsi?...

— C'est la Nymphe Echo, expliqua son compagnon en riant, une babillarde que Junon a chassée dans les montagnes, en lui permettant seulement de répéter la fin des paroles qu'on lui dit. »

Comme ils passaient le ruisseau en sautant de pierre en pierre, Pandore, encore maladroite, lâcha la boîte.

« Laisse-la donc dans l'eau, conseilla Mercure, et méfie-toi de ce coffret mystérieux : tout beau qu'il est, il ne t'apportera que du mal. »

Il avait dit ces mots très fort et Echo répéta : « Mal, mal, mal ! »

— Echo t'avertit aussi, insista le dieu, écoute-la.

— Je veux ma boîte, ma belle boîte ! » répliqua Pandore avec humeur.

Son compagnon haussa les épaules et ramassa le coffret.

Ils arrivèrent au palais d'Epiméthée qui accourut leur souhaiter la bienvenue, tandis que ses chiens aboyaient joyeusement alentour. Il regarda Pandore et s'écria : « Comme elle est jolie ! »

Pandore sourit et lui présenta son précieux coffret : « Prends-le, et jette-le au feu, » dit Mercure. Puis il disparut. Mais Pandore et son mari examinaient le coffret en tous sens, et le serpent d'or desserrait son lien....

Cependant Epiméthée fit apporter son présent de noce, la chatoyante et souple écharpe couleur d'aurore, et il la posa sur les épaules de la jeune mariée, qui, ravie, s'écria : « Les déesses n'ont rien de plus beau !... » Comme elle menaçait de s'envoler au vent, Pandore se dit :

— Il y a sûrement des agrafes dans la boîte ; si j'en prenais une ? »

Elle souleva un peu le couvercle... et le laissa aussitôt retomber en gémissant : une guêpe venait de la piquer profondément à la main. Epiméthée jeta aussi un cri de douleur en chassant un de ses chiens fidèles qui le mordait, tandis que les autres se battaient en hurlant.

Hélas ! ce qu'il y avait dans la boîte, c'étaient les méchancetés, les guerres, les maladies, les chagrins... Tout cela s'était répandu sur la terre, en une nuageuse vapeur, et soudain les guêpes avaient su piquer, tandis que les querelles commençaient de tous côtés parmi bêtes et gens.

Epiméthée se lamentait en murmurant : « Femme curieuse, pourquoi as-tu ouvert la boîte ?

— Imprévoyant époux, pourquoi m'as-tu laissé faire ? » gémit Pandore, et son cœur était lourd de regret...

Tout à coup, elle remarqua la boîte à ses pieds et la lança bien loin... A quoi bon ! tous les maux s'étaient déjà échappés.

Cependant, du fond de la boîte sortit comme un rayon de soleil en forme d'oiseau ; il se mit à voltiger autour de Pandore en gazouillant doucement : « Je suis l'Espérance ; comme je m'étais glissée au fond de la boîte, je me glisserai aussi au fond du cœur des hommes... »

LES BIENS ET LES MAUX S'ÉTAIENT RÉPANDUS AU DEHORS, ENVELOPPÉS DANS UN NUAGE DE FUMÉE.

DEUCALION ET PYRRHA

*Voici l'histoire que d'âge en âge se racontaient autrefois les vieilles
corneilles croassantes qui se vantaient d'avoir vu naître tous les peuples :*

LES douleurs sorties de la boîte de Pandore rendirent les hommes
malheureux, sans les rendre meilleurs. Cependant, Jupiter ne voulut
pas les punir avant d'avoir été témoin de leur méchanceté.

Il descendit donc sur la terre sous l'apparence d'un vieux mendiant couvert
d'un long manteau fort rapiécé, et il semblait marcher péniblement. Arrivé
dans une verte prairie où les 50 fils du roi Lycaon faisaient paître les bœufs
et les brebis de leur père, il attendit que, parmi ces jeunes gens, l'un au
moins s'avançât et lui prît la main en disant : — « Viens, pauvre homme,
viens t'asseoir à notre table pour y recevoir une nourriture égale à celle
des autres convives ; et, quand tu seras rassasié, tu dormiras sur les
douces toisons de nos brebis, car les hommes misérables sont des hôtes
envoyés par Jupiter ».

.Mais nul ne vint au-devant du vieillard ; au contraire, plusieurs bergers lancèrent contre lui leurs chiens qu'il dut éloigner de son bâton.

* *

Alors Jupiter, voulant éprouver le roi lui-même, continua sa route et,
reprenant sa forme divine, entra vers le soir dans la ville de Lycaon.
Quelques habitants le reconnurent, mais aucun ne lui rendit hommage.

Quand il arriva au palais, il dit au roi : « Je suis très fatigué, et ne te demande aucun festin ; fais-moi simplement conduire dans la chambre des étrangers, afin que j'y dorme jusqu'au matin ».

Le roi, qui avait l'âme dure, reçut son hôte sans égards ; il n'ordonna ni de le baigner, ni de le frotter d'huile, ni de le couvrir d'un chaud manteau ; il ne lui offrit

LYCAON, QUI AVAIT VOULU TUER JUPITER,
EST MÉTAMORPHOSÉ EN LOUP.

C'EST LE DÉLUGE ! LES EAUX S'ÉLÈVENT JUSQU'AUX CIMES DES PLUS HAUTES MONTAGNES OÙ SE RÉFUGIENT VAINEMENT LES MORTELS POUR ÉCHAPPER AU FLÉAU.

pas même une gorgée d'eau sucrée de miel. Dédaigneusement, il commanda d'étendre quelques vulgaires toisons sous le portique et y fit conduire le dieu par un serviteur de mauvaise mine.

Puis, sortant de son palais, il alla vers ses amis et leur dit : « Venez voir ce voyageur qui ressemble, dit-on, à Jupiter; peu m'importe, d'ailleurs; il m'a jeté des regards sévères et je veux le tuer de ma main ».

Alors Lycaon, armé d'une hache à deux tranchants, revint vers son hôte; mais le dieu ne dormait pas et, se dressant sur sa couche, il regarda fixement le roi... Celui-ci laissa s'échapper la hache et, changé tout à coup en loup féroce qui déchire les hommes et les troupeaux, il s'enfuit avec des hurlements furieux..... En même temps Jupiter disparut.

Soudain les nuages s'amoncellent et des torrents de pluie inondent la terre : c'est le Déluge ! La mer se soulève; les fleuves débordent en mugissant, entraînent dans leurs flots sombres plantes, arbres, troupeaux, hommes et maisons, tandis que les oiseaux aux vastes ailes, comme

DEUCALION ET PYRRHA JETTENT PAR-DESSUS LEUR TÊTE
DES PIERRES QUI SE CHANGENT EN HOMMES ET EN FEMMES.

les aigles et les corneilles, s'envolent toujours plus haut.....

Nul ne peut se sauver, pas même les gens de la côte, qui possèdent des navires solides où ils montent précipitamment : les vagues brisent et engloutissent leurs bateaux.

** * **

Cependant, en Grèce, il y avait en ce temps-là un homme et sa femme qui étaient justes et pieux, Deucalion et Pyrrha. Hâtivement ils lièrent quelques troncs d'arbres pour faire un radeau où ils s'embarquèrent; l'eau qui montait les entraîna doucement vers le Parnasse, seule montagne du pays que le déluge n'eût pas entièrement couverte.

Quand leur radeau s'arrêta au sommet de la montagne, tous les autres habitants avaient péri. Aussitôt Jupiter fit cesser la pluie; la mer se retira et les fleuves rentrèrent dans leur lit.

Deucalion et Pyrrha quittèrent leur radeau et, regardant vers la plaine dévastée, ils pleurèrent d'angoisse en pensant : « Comment pourrons-nous vivre seuls, sans aucun secours? Nous sommes déjà vieux et affaiblis. »

Alors ils entendirent une Voix qui disait : « Ne pleurez pas les hommes qui sont morts, car ils étaient méchants; il en naîtra d'autres si, ayant voilé votre tête de votre manteau, vous marchez en avant et jetez derrière vous les ossements de votre mère. »

La mère des peuples, c'est la Terre; et les pierres sont ses os.

C'est pourquoi les deux époux se mirent en marche, ramassant sans cesse et jetant derrière eux des pierres grosses et petites. Quand le soir tomba, ils se retournèrent pour voir ce qu'ils avaient fait. Or, dans toute la plaine, s'élevaient des hommes nés des cailloux jetés par Deucalion, et des femmes formées par ceux qu'avait lancés Pyrrha.

Ainsi la terre fut repeuplée, et Deucalion et Pyrrha rendirent grâce au tout-puissant Jupiter.

JUPITER ET MERCURE SONT A LA TABLE DES DEUX BONS VIEUX. UNE OIE QUE BAUCIS VOULAIT FAIRE CUIRE S'ÉCHAPPE ET VIENT SE METTRE SOUS LA PROTECTION DES DIEUX.

PHILÉMON ET BAUCIS

Voici l'histoire que les écureuils des chênes majestueux et ceux des tilleuls embaumés se racontaient autrefois :

QUELQUE temps après le déluge, quand le sol fut bien séché, quand les plantes eurent repoussé et qu'il y eut de nouveau des troupeaux et des hommes avec de nombreuses demeures, Jupiter, accompagné de Mercure, descendit encore une fois sur la terre, déguisé en mendiant. C'était le soir d'une brûlante journée d'été.

Ils arrivèrent dans un village où, assis près de leur demeure sur des bancs de pierre polie, les habitants se reposaient ; nul n'offrit une place aux voyageurs ; on les regarda passer avec indifférence ou mépris.... et bientôt toutes les portes se fermèrent, car l'heure du sommeil était venue.

Or, Jupiter aperçut en dehors du village, au flanc d'un coteau, une petite chaumière où il y avait encore une faible lumière ; il s'approcha et en quelques pas traversa le jardinet qui entourait la cabane. — « Quelle

3

masure ! murmura Mercure. — Peut-être abrite-t-elle de braves cœurs ! » répondit Jupiter en regardant à travers une fente de la porte : un homme à barbe blanche tressait des corbeilles d'osier; auprès de lui, une femme courbée par l'âge filait tout en chantant un cantique aux dieux immortels.

Jupiter heurta en s'écriant : « Pitié pour des voyageurs fatigués ! »

Aussitôt la porte s'ouvrit toute grande, et, quand les mendiants courbèrent leur haute taille pour entrer, le vieillard leur prit les mains en disant : « Soyez les bienvenus dans notre chaumière. Voici Baucis, ma femme chérie, et je m'appelle Philémon. Nous sommes heureux, quoique pauvres ; mais aujourd'hui nous regrettons de n'être pas riches, afin de mieux recevoir les étrangers que Jupiter nous envoie ».

Pendant ce temps, bien vite malgré son âge, Baucis couvrait d'une peau de brebis le siège de bois auprès du feu et les dieux s'y assirent; puis elle souffla sur la braise afin de l'attiser et bientôt le chaudron fut plein d'eau tiède pour laver les mains et les pieds des voyageurs.

Alors Philémon les invita à s'approcher de la table de chêne un peu boiteuse sur laquelle Baucis, faute de beaux tapis, avait répandu des brins fleuris de lavande parfumée ; elle y avait aussi posé du lait, du fromage blanc, du miel et du pain bis, qui bientôt eurent disparu...

Alors elle apporta quelques fruits, et prenant son mari à l'écart, elle chuchota : « Nos hôtes ont grand appétit et nos provisions sont épuisées, mais au jardin il y a encore dans le cageot une oie que j'engraisse; hâte-toi d'aller la prendre afin que je la cuise. Je la gardais pour un sacrifice aux Dieux,... n'importe; puisque ceux-ci nous envoient des convives affamés, c'est à eux qu'il faut l'offrir ».

Philémon s'empressa de sortir, mais, quoique la lune éclairât la campagne, sa main ne saisit pas l'oie solidement; elle s'échappa dans le jardin en battant des ailes et poussant de grands cris. Baucis ouvrit la porte pour aller à l'aide de son mari et l'oie, courant vers la lumière, se réfugia auprès de Jupiter qui étendit la main sur elle en disant :

« Qu'elle soit sauvée, car les Dieux protègent les Suppliants ».

*
* *

Peu après, se levant pour partir, il reprit sa figure divine et, debout sur le seuil : « Malheur, dit-il, à ceux qui n'ouvrent ni leurs logis ni leurs cœurs. Quant à vous, bons vieillards, suivez-nous sur la montagne ».

JUPITER A TRANSFORMÉ LE VILLAGE EN MARAIS, TANDIS QU'UN TEMPLE DE MARBRE SURGIT A L'ENDROIT
OÙ S'ÉLEVAIT NAGUÈRE LA CHAUMIÈRE DE PHILÉMON ET BAUCIS.

Arrivés au sommet, Jupiter leur dit : « Regardez derrière vous ». La vaste plaine était devenue marécage ; mais, à la place de l'humble chaumière, un temple de marbre éblouissant s'élevait et les vieillards s'écrièrent : « Justes Dieux ! aurons-nous le cœur et les mains assez purs pour être les gardiens de ce temple ? »

Jupiter, inclinant la tête, sourit et ajouta : « Vous voyez ma puissance, ô mes hôtes ! que désirez-vous encore ? Vos vœux seront exaucés. »

Ils dirent ensemble : « Fais que la mort nous frappe à la fois ! »

Le vieux couple prit soin du sanctuaire, balayant tous les coins et recoins, brûlant matin et soir des parfums sur l'autel, louant les dieux, et offrant de leur part l'hospitalité aux pèlerins.

Un soir, assis sur les degrés du temple ils racontaient pour la millième fois peut-être, leur histoire aux pèlerins, quand soudain tous deux furent enveloppés d'un feuillage verdoyant : Baucis était devenue un tilleul embaumé et Philémon un grand chêne qui se penchait sur elle.

JUNON

Voici l'histoire que les paons aux longues plumes racontaient autrefois à leurs enfants en leur apprenant à faire la roue :

L a déesse Junon était fort belle. Avec ses grands yeux pleins de fierté, elle paraissait vraiment la Reine de l'Olympe, quand, ayant posé son diadème d'or sur ses cheveux finement ondulés et ayant revêtu sa longue tunique blanche brodée par Minerve, elle sortait de sa chambre magnifique pour aller majestueusement s'asseoir sur son trône auprès de Jupiter.

Malheureusement, les deux époux se querellaient souvent : c'est alors qu'il y avait pluie et soleil à la fois, ou qu'un orage bruyant éclatait tout à coup par ciel serein. Les colères de Jupiter étaient même terribles : ainsi, un jour, il suspendit Junon au milieu des nuages; ses blanches mains étaient attachées par des chaînes d'airain, tandis que de lourdes enclumes étaient liées sous ses pieds... Les dieux la plaignaient sans oser la délivrer, car Jupiter avait dit : « Malheur à l'audacieux qui viendra au secours de Junon : je le lancerai du haut du ciel pour qu'il s'écrase sur la terre ».

*
* *

Fière d'être la Reine de l'Olympe, Junon se vengeait non moins impitoyablement de qui lui avait déplu. C'est ainsi qu'une fois elle s'empara de la jolie Nymphe Io qu'elle avait prise en haine. En vain, pour protéger Io, Jupiter l'avait-il changée en génisse blanche. Junon ne se laissa pas tromper et elle fit conduire Io dans une prairie bien close où elle envoya Argus, jeune prince qui avait cent yeux, dont cinquante restaient ouverts, tandis que les autres étaient clos par le sommeil, et elle lui commanda de veiller nuit et jour sur la captive pour l'empêcher de s'échapper.

Alors, Jupiter, ayant pitié de Io, or-

JUNON, REINE DE L'OLYMPE ET FEMME DE JUPITER, EST ASSISE SUR SON TRONE, UN PAON A SES COTÉS.

GRACE AUX SONS DE SA FLUTE, MERCURE A PU S'APPROCHER D'ARGUS ET LUI FAIRE SENTIR LES PAVOTS
DE MORPHÉE. LE BERGER ENDORMI, MERCURE VA DÉLIVRER IO, LA GÉNISSE.

donna à Mercure de la délivrer en tuant son gardien. Mais comment sur-
prendre ce geôlier qui ne dormait jamais qu'à demi ?... Enfin Mercure
pensa : « J'irai voir Morphée, dieu du sommeil, et je lui demanderai ce
qu'il faut pour fermer à la fois les cent yeux d'Argus ».

* * * * *

Autour de la prairie, Argus montait la garde, son bâton à la main ;
quand il aperçut au loin le visiteur divin, il lui cria :
— « N'approche pas, ou je te tue sur-le-champ ».
Mercure s'arrêta, prit sa flûte et se mit à jouer du bout des lèvres un
air aimé d'Argus : « Je t'entends mal, s'écria bientôt celui-ci, avance
un peu ». Mercure ne souhaitait que cela... Il avança lentement, lentement, jouant toujours, tenant sa flûte d'une main, de l'autre agitant en
cadence des pavots que lui avait donnés Morphée.
Argus, qui avait d'abord ses cent yeux bien ouverts, commença à les

fermer l'un après l'autre. A peine avait-il fermé le dernier que Mercure s'élança et lui coupa la tête, puis il se sauva avec la prisonnière.

*
* *

A ce moment, Junon arrivait par l'autre côté de la prairie. Elle aperçut les fugitifs et lança cruellement contre la génisse blanche une de ces mouches piquantes, qui nuit et jour, suivent les troupeaux pour les percer de leur aiguillon. Io s'enfuit dans une autre prairie, le taon ne la quitta pas et il la suivait sans cesse à travers les plaines et les collines. Quand elle voulait s'arrêter pour dormir, quand elle se penchait vers l'herbe pour brouter ou vers le ruisseau pour boire, il la piquait furieusement et elle reprenait sa course folle en mugissant de douleur.

Enfin, les pieds déchirés par les cailloux, le corps tout taché de sang, elle tomba épuisée, bien loin, dans un pays inconnu ; ses plaintes devinrent de plus en plus faibles, puis s'arrêtèrent tout à fait... elle était morte !

*
* *

Dans les hautes herbes, la déesse découvrit Argus, son serviteur mort et les yeux clos. « Ah ! ah ! s'écria-t-elle avec amertume, un dieu a cru fermer à jamais ces yeux vigilants... Mais, je les rouvrirai pour toujours, Prince Argus, et tu veilleras sans cesse auprès de moi. »

Aussitôt parut en cet endroit un superbe paon avec cent yeux semés sur l'immense éventail de sa queue.

C'est pourquoi les paons suivaient Junon partout ; elle les attelait même à son char pour voyager dans les airs. Et quand les hommes lui élevèrent des temples et des autels, ils lui consacrèrent l'oiseau, rempli comme elle de beauté et d'orgueil.

MERCURE S'ÉLANCE SUR ARGUS, LUI COUPE LA TÊTE
ET VA DÉLIVRER LA GÉNISSE.

TANDIS QU'APOLLON JOUE DE LA FLUTE ET NÉGLIGE LES SOINS DE SON TROUPEAU, MERCURE LUI RAVIT
CINQUANTE DE SES PLUS BELLES GÉNISSES.

MERCURE

Voici ce que disaient les marchands quand ils arrivaient aux carrefours des routes, où il y avait des colonnes surmontées par plusieurs têtes de Mercure, indiquant autant de directions différentes :

« Salut, dieu du commerce, ami des voyageurs ; nous te couronnons de fleurs, car tu nous montres notre chemin, et nous te présentons nos offrandes afin que tu protèges nos entreprises. »

Mercure, le plus jeune fils de Jupiter, était alerte et ingénieux à miracle. Le jour de sa naissance, on l'avait laissé seul un moment, le croyant endormi. Bientôt il ouvrit les yeux et regarda autour de lui. Son berceau de feuillage était dans une fraîche grotte, fermée seulement par une frange de lianes vertes ; il eut envie d'aller se promener, et, se revêtant de ses langes comme d'un manteau, il sortit en trottinant.

Soudain, il aperçut dans l'herbe fleurie une tortue qui s'avançait à petits pas, et dans un buisson la voix d'un Faune murmura : « Voici la Nymphe

MERCURE, MESSAGER DES DIEUX, DIEU LUI-MÊME, AVEC SES ANIMAUX FAVORIS.

Chéloné, changée en tortue pour avoir, seule de toutes les divinités de la terre et du ciel, été en retard aux noces de Jupiter et de Junon ».

Mercure la prit dans ses mains et, regardant sa tête grimaçante et ses pattes difformes, il dit : « Pauvre Nymphe jolie, comme tu es punie, personne ne t'invitera plus !... Pourtant, si tu veux me donner ta belle écaille, je te promets qu'il n'y aura plus aucune fête sans toi. »

Alors, au-dessus de la carapace, il ajusta des tiges de roseaux et des cordes en boyaux de brebis, qui résonnèrent doucement lorsqu'il les frôla de ses doigts. Ainsi fut créée la Lyre mélodieuse, qui célèbre partout la joie des noces et des victoires.

⁂

Puis, sans lâcher son jouet, le nouveau-né courut de-ci de-là à travers le pays, et il remarqua le beau troupeau de bœufs et de génisses dont Apollon était le berger. Celui-ci jouait de la flûte, tellement absorbé que Mercure, petit voleur précoce, put prélever sans qu'il s'en aperçût cinquante génisses sur le troupeau.

Tout à coup l'enfant pensa : « Comment faire pour qu'on ne reconnaisse pas où je vais et qui je suis, à la trace de mes petits pieds?... »

Prudemment donc, il prit des branchettes de buis et de myrthe et les attacha sous ses pieds comme de grandes sandales, puis il marcha à reculons pour avoir l'air de descendre à la plaine, tandis qu'il montait vers une des cavernes de la montagne, où il enferma les génisses, sauf deux dont il fit un sacrifice à Jupiter, comme pour excuser sa vilaine action.

Puis, fatigué, il retourna dans son berceau.

⁂

Cependant, Apollon avait posé sa flûte, et, s'apercevant que son troupeau était diminué, il chercha de tous côtés. A la fin, un paysan lui dit : « Si je n'ai pas rêvé, j'ai vu passer un enfant qui conduisait vers la colline cinquante belles génisses ; il avait des sandales de branchages. »

Aussitôt Apollon, devinant qui était son voleur, s'élança à grands pas vers la colline et pénétra dans la grotte en criant : « Voleur, rends-moi mes génisses, ou je te jette dans un précipice sans fond !

— Des génisses, mon frère, que veux-tu dire? A-t-on jamais vu un nouveau-né voler des bœufs ! »

Sans l'écouter, le berger irrité prit sous son bras le berceau de feuillage avec le bambin et porta le tout devant Jupiter qui lui demanda avec étonnement : « Mon fils, que veux-tu faire de ce petit enfant? »

Apollon raconta l'aventure et Mercure cria : « Ce n'est pas moi ! »

Alors Jupiter, à qui rien n'est caché, prit un air si sévère que l'enfant confus se hâta de conduire son frère à la cachette des génisses. « Il en manque deux ! », s'écria Apollon ; et il allait frapper Mercure, quand la main de celui-ci effleura sa lyre cachée sous sa longue mante. — « Quelle est cette délicieuse musique ? s'écria Apollon. Voilà qui vaudrait bien cinquante bœufs ».

Rassuré, l'enfant tendit sa lyre en disant : « Prends-la et ne sois plus fâché ! Le chalumeau des bergers me suffira ! »

Au moment même où ils faisaient la paix, ils aperçurent sur leur route deux serpents qui se battaient. Apollon jeta entre eux la tige de laurier qui faisait son aiguillon, et aussitôt les serpents s'y enlacèrent, réconciliés eux aussi.

Alors Mercure saisit la baguette merveilleuse et il en fit son bâton de voyage, le Caducée, symbole de paix ; il y attacha des ailes ainsi qu'à ses sandales et à son chapeau, en sorte qu'il volait plus vite que le vent ; aussi devint-il le Messager des dieux.

Mais ce n'était pas son seul emploi dans l'Olympe ; comme il était habile à toutes les transactions il y devint le dieu des commerçants.

MERCURE, INVENTEUR DE LA LYRE, EN FAIT CADEAU A APOLLON.

CÉRÈS

Voici l'histoire que racontaient autrefois les paysans tout en moissonnant les lourds épis dorés par le sourire de Cérès.

CÉRÈS DÉESSE DES MOISSONS, SUR SON CHAR.

Quand la grande Cérès eut créé le blé nourricier, elle dit à sa fille Proserpine : « Je vais chez Vulcain quérir des faucilles : Que feras-tu en mon absence ?

— Mère, nous voulons, les Nymphes et moi, aller dans la prairie tresser des guirlandes de narcisses pour couronner les troupeaux. »

Cérès hocha la tête en murmurant : « Je n'aime pas cette fleur, favorite de Pluton, parce qu'elle endort du sommeil de la mort ceux qui la respirent trop longuement... Ce fou de Narcisse, d'ailleurs, ne méritait guère de revivre ainsi. »

La jeune fille sourit, se rappelant que le beau Narcisse passait son temps à se mirer dans les ruisseaux et que les dieux l'avaient changé en fleur pour le punir de sa fatuité.

*
* *

Or, dans la prairie éblouissante les jeunes filles s'éparpillèrent en chantant pour faire leur cueillette. Proserpine aperçut une plante qui portait cent fleurs sur la même tige ; elle y courut et sa main la touchait, quand, tout à coup, la terre trembla et s'ouvrit. Une nuée bleuâtre s'en éleva, d'où sortirent des chevaux noirs à rênes d'or, traînant le sombre char du Roi des Enfers. Celui-ci saisit Proserpine et, malgré ses cris, la plaça près de lui, puis tout l'équipage s'enfonça dans l'abîme entr'ouvert, qui se referma aussitôt.... Les amies de la jeune fille s'enfuirent éperdues.

NARCISSE PASSAIT SON TEMPS A SE MIRER DANS L'EAU DES FONTAINES. LE FAT FUT CHANGÉ EN FLEUR.

PLUTON SAISIT PROSERPINE AU MILIEU DE SES COMPAGNES EFFRAYÉES, PUIS LA PLAÇANT A COTÉ DE LUI SUR SON CHAR, IL L'ENTRAINA DANS LES ENFERS.

Quand Cérès rentra au logis, elle appela sa fille et aucune voix ne répondit ; alors elle pensa que la troupe étourdie s'était trop éloignée dans les champs. Elle sortit, regardant de tous côtés, et, de plus en plus inquiète, elle courut aux alentours... Personne ! Les Nymphes, encore épouvantées et tremblantes, restaient cachées dans des abris ignorés.

Vainement la mère en larmes chercha sans répit pendant neuf jours et neuf nuits, questionnant toutes les divinités des champs : les Naïades, assises avec leur cruche auprès des sources ; les Dryades, qui dansent autour des grands arbres et les Hamadryades, qui habitent sous l'écorce même. Chacune affirmait : « Proserpine n'a point passé par ici. »

Enfin elle apprit de la nymphe Aréthuse que Proserpine était devenue l'épouse du roi Pluton, qui habite, au centre de la terre, un grand palais d'or et de pierres précieuses, mais où la lumière est si pâle que Proserpine toujours triste languissait du soleil.

A cette nouvelle, la déesse fit dire à Jupiter : « Ordonne que ma fille

CÉRÈS APPRIT DE LA NYMPHE ARÉTHUSE QUE SA FILLE
PROSERPINE AVAIT ÉTÉ ENLEVÉE PAR PLUTON.

me soit rendue immédiatement, sinon je laisserai la terre entière mourir de faim. »

Mais le Roi des Enfers refusa de laisser partir sa compagne. Alors, Cérès réunit ses amies, Pomone, déesse des fruits, Flore, déesse des fleurs, et, joignant les mains, s'écria plaintive et farouche : « Pleurez avec moi! Et vengez-moi : Pluton m'a volé ma fille... »

D'un geste prompt, Pomone renversa sa corbeille de fruits mûrs ; Flore détacha sa couronne de fleurs ; puis elles les piétinèrent en disant : « Malheur aux fleurs et aux fruits tant que la mère affligée ne sera pas consolée. »

⁎ ⁎

Bientôt, la famine commença à sévir sur la terre, en sorte que les Immortels eurent peur de voir mourir tous les hommes et les animaux. Il fallut aviser et trouver un moyen de contenter Cérès et Pluton à la fois.

Pour arranger les choses, Jupiter décida que chaque année, à la saison des narcisses, Proserpine viendrait durant six mois vivre avec Cérès ; mais, le reste du temps, elle dut habiter le palais de Pluton.

Ainsi le blé, à l'automne, disparaît sous terre et demeure caché tout l'hiver ; puis, au printemps, la future moisson s'élance joyeusement vers le soleil !

PLUTON, ROI DES ENFERS. SON CHIEN
CERBÈRE EST COUCHÉ PRÈS DE LUI.

NEPTUNE ET AMPHITRITE

Voici ce que les vagues bleues de la Méditerranée racontaient autrefois quand elles murmuraient ou grondaient sur le rivage :

NEPTUNE, ROI DES OCÉANS, PARCOURT SON DOMAINE SUR UN CHAR TRAINÉ PAR QUATRE CHEVAUX MARINS.

L'ILLUSTRE Neptune est le roi des eaux salées. Son char est un immense coquillage traîné par quatre chevaux à longue crinière, dont le corps finit en queue de poisson ; ainsi peuvent-ils à la fois nager et galoper, quand leur maître, couvert d'une armure d'écailles et d'or, voyage ici ou là, aplanissant les vagues ou les agitant pour qu'elles s'élèvent en montagnes et se creusent en précipices.

Il règne sur toutes les bêtes marines, et ses troupeaux sont gardés par le vieux Protée, étrange berger, changeant d'aspects comme la mer même.

Protée sait le temps qu'il fera, mais il n'en veut rien dire. Les matelots ont beau le presser de questions : « Quel vent soufflera ? — Arriverons-nous sans tempête ?... » Au lieu de répondre, il tâche de les effrayer en prenant des formes terrifiantes : dauphin furieux, lion rugissant, flamme dévorante... Pour le faire parler, il faut l'enchaîner durant son sommeil.

★
★ ★

Trop souvent le soir, en dénombrant ses troupeaux, il trouve des bêtes manquantes ; alors il crie : « Où sont mes cachalots ? Où sont mes vaches marines ? Où sont mes dauphins ? »

Et la voix de quelque oiseau de mer répond : « Plusieurs de tes cachalots ont suivi un bateau jusqu'au gouffre de Charybde et l'on a vu leurs débris flottant aux alentours.

— O folie ! soupire Protée ; Neptune ne leur avait-il pas défendu de s'approcher de ce gouffre tourbillonnant, avide de proies depuis que Charybde, la Nymphe voleuse, y a été précipitée par Jupiter ? »

D'autres fois les oiseaux répondent : « Tes dauphins sont allés vers la caverne de Scylla et ils ne sont pas revenus.

ÉOLE MÈNE A LA BAGUETTE LES VENTS
QUI VOUDRAIENT SORTIR ET SOUFFLER.

— O folie ! folie ! ne savaient-ils pas que l'affreuse Scylla saisit et dévore tout ce que les vagues lui amènent ? A ses douze bras terminés par des griffes acérées ; à ses têtes épouvantables dont les gueules aboyantes broient comme un fétu de paille les navires mêmes et leurs matelots, qui pourrait résister ?... »

Quand Neptune passe, Protée lui fait ses plaintes et, de son redoutable trident, le dieu frappe la mer pour menacer de ses vengeances les troupeaux indociles.

*
* *

D'autres fois, il rencontre le roi Nérée, divin jardinier de la mer, et père de cinquante Nymphes, les Néréides, dont il a épousé la plus belle, Amphitrite.

De retour dans son merveilleux palais de roches phosphorescentes, sous les eaux profondes, au milieu des forêts de corail et des prairies de goémon, il dit souvent à Amphitrite : « Ton père et tes sœurs demandent ta visite, et j'ai fait dire au roi Éole de ne laisser sortir aujourd'hui aucun de ses enfants, afin que tu trouves la mer unie comme un miroir. »

Éole, roi des Vents, a plusieurs fils follement rageurs et turbulents, surtout l'Africus, vent brûlant du Sud, et l'Aquilon-Borée, vent glacial du Nord. Mais Amphitrite répond gaiement : « Toute cette famille m'effrayait quand j'étais Néréide et que mes sœurs et moi nous courions au secours des marins en danger. A présent, ô illustre Neptune, tu me protèges !... »

Tout en parlant, la Reine de la mer se pare de ses colliers de perles nacrées, de ses pendeloques de corail, et elle part dans une conque de nacre chatoyante, attelée de chevaux blancs.

Autour d'elle, comme une garde d'honneur, les Tritons, moitié hommes moitié poissons, sonnent de la trompe, pour convoquer les dauphins bondissants.

Et les Néréides, couronnées d'algues légères comme des plumes et nuancées comme des fleurs, viennent au-devant de leur sœur. Quel

AMPHITRITE, LA REINE DE LA MER, SUR SON CHAR

joyeux babil, alors, entre elles, tandis que les petites vagues les balancent et que les brises légères les poussent de-ci, de-là sur la mer !

Parfois on entend sur l'eau des chants délicieux. Amphitrite et ses sœurs chuchotent : « Malheur aux matelots, ce sont les Sirènes ! »

Les Sirènes sont de belles princesses exilées sur la mer incertaine pour avoir osé égaler leur chant à celui des Muses. Leurs pieds sont changés en queue de poisson ; mais elles ont gardé leur doux visage et leur voix merveilleuse, et plus que jamais elles passent leur temps à chanter, attirant ainsi bateliers et pilotes qui abandonnent le gouvernail et se laissent noyer en les écoutant.

FURIEUX CONTRE LES VENTS DÉCHAÎNÉS SANS SON ORDRE, NEPTUNE APPARAIT SUR SON CHAR ET SA PRÉSENCE CALME LES FLOTS.

Ainsi faillit sombrer le navire du roi Ulysse. Pour empêcher ses rameurs de s'arrêter, il dut les rendre sourds en leur coulant de la cire molle dans les oreilles et lui-même se fit attacher au mât de sa nef, afin de ne pouvoir la conduire dans l'île enchantée. Mais les Immortelles qui ne courent aucun risque se réjouissent de ces chants harmonieux.

*
* *

Un soir qu'Amphitrite avait ainsi passé la journée à se promener sur

LES SIRÈNES ONT BEAU CHANTER AUTOUR DU BATEAU
D'ULYSSE : LES PASSAGERS N'ENTENDENT RIEN !

la mer, elle rentra souriante, disant à son époux : « Il fait si beau que sûrement cette nuit aucun bateau ne fera naufrage et les divinités secourables aux matelots pourront dormir paisiblement. »

Or, au milieu de la nuit, tous deux furent réveillés en sursaut. Au-dessus du palais on entendait des bruits affreux : rugissements et hurlements, sifflements et miaulements, comme si toutes les créatures criaient à la fois. Amphitrite frissonnante murmura : « La mer est en furie !

— Oui, répondit Neptune ; les fils d'Éole se sont échappés et déjà ils se querellent !... Quelles rafales ! ils vont bouleverser l'univers !... »

Soudain, il y eut un grand craquement comme si quelque chose se brisait dans le monde.... Neptune s'élança sur son char.

Pour la première fois peut-être, ses chevaux pouvaient à peine avancer, sans cesse repoussés par les vagues monstrueuses. Enfin le dieu irrité parut au-dessus des flots, barbe et chevelure couvertes de goémons... Son trident formidable frappa de tous côtés et il cria sa présence d'une voix rauque et grondante comme le tonnerre....

Subitement la tempête cessa, comme si elle s'était enfuie épouvantée ; mais, au matin, voici ce que le Roi de la mer vit dans l'écume en regardant vers le Couchant : Une île nouvelle s'était détachée de l'Italie ; c'était la Sicile, où dans le grand volcan Etna les forges de Vulcain et des Cyclopes fumaient et ronflaient plus que jamais.

Neptune regarda aussi au Levant, craignant que l'isthme de Corinthe qui unit le Péloponèse à la Grèce ne se fût également rompu.

Non ! l'étroite bande de terre était toujours solide et le dieu s'en réjouit. C'est là qu'entre deux mers, on célèbre tous les trois ans les Jeux Isthmiques en son honneur ; là que des courses de chevaux superbes rappellent qu'il en a créé la race, quand les grosses vagues écumeuses ont déposé le premier coursier sur le rivage d'Athènes naissante.

MINERVE

Voici l'histoire que, dans la plaine d'Athènes, l'on se racontait autrefois, en apportant aux pressoirs à huile les fruits des grands oliviers :

MINERVE, A LA FOIS GUERRIÈRE ET PACIFIQUE, TIENT LA LANCE ET L'OLIVIER.

Un jour, Jupiter, assis sur son trône d'ivoire et d'or, serrait son front entre ses mains, comme s'il souffrait beaucoup. Tout à coup, il s'écria : « O mon fils Vulcain, dieu des forgerons, viens en hâte vers moi avec la hache la plus tranchante que tu aies jamais faite. »

Vulcain accourut et dit : « Me voilà ! avec une hache capable de partager d'un seul coup les plus durs rochers.

— Eh bien ! frappe sur ma tête ».

Vulcain recula en poussant un cri d'effroi.

« Obéis à ton père et frappe », répéta le maître des dieux.

Alors, le puissant forgeron, tel un bûcheron devant un arbre énorme, éleva sa hache et la laissa retomber de toute sa force...

Le front de Jupiter s'entr'ouvrit et il en jaillit une déesse aux yeux clairs, coiffée d'un casque étincelant : c'était Minerve, à la fois guerrière et pacifique, la déesse qui excite les hommes à combattre courageusement pour leur patrie, en même temps qu'elle protège les bons ouvriers et les habiles ouvrières, les savants et les artistes.

*
* *

Minerve descendit sans retard sur la terre pour se faire connaître aux hommes et, remarquant une jeune fille belle et intelligente, appelée Myrmex, elle lui dit : « Je

D'UN COUP DE HACHE VULCAIN FEND LE CRANE DE JUPITER ET EN FAIT JAILLIR MINERVE.

INDIGNÉE DU MENSONGE DE MYRMEX, MINERVE
ENVOIE DANS LE PAYS UNE PESTE HORRIBLE.

vais t'apprendre à atteler les bœufs à la charrue et aux chariots, puis tu iras sur la place publique et tu crieras : « Voilà « ce que Minerve m'a enseigné, afin que « vous puissiez mieux cultiver vos champs « et transporter les grosses pierres pour « bâtir vos maisons ».

Myrmex joyeuse appela ses compagnes ; à travers la ville et la campagne, elles se promenèrent dans les lourds chariots traînés par les bœufs robustes ; puis elles attelèrent des charrues et chantaient : « Voyez, voyez les beaux attelages que Myrmex a inventés ».

Et le peuple ne se lassait pas de répondre : « Gloire à Myrmex ! »

Bientôt ce mensonge parvint aux oreilles de la déesse qui, indignée, s'élança. Invisible, elle toucha de sa lance chacune des jeunes filles..., et tout à coup, à leur place, on vit une petite troupe de fourmis qui creusaient le sol pour bâtir leur fourmilière. En même temps une voix cria : « Minerve punit les orgueilleux ! »

Les spectateurs effrayés se prosternèrent, mais pleins de pitié pour les insectes qui avaient été des femmes, ils évitèrent de les détruire et peu à peu les fourmis se multiplièrent d'une façon extraordinaire.

Or, un jour, une horrible peste frappa les hommes et les bêtes et, à la fin, il ne resta plus que le roi et la reine avec leur fils. Alors, le roi vint sous un grand chêne aimé des dieux, car il était né d'un gland de la divine forêt de Dodone, consacrée à Jupiter, et il s'écria d'une voix suppliante :

« O Minerve, laisseras-tu périr le chêne du Maître de l'Olympe ? Est-ce que personne bientôt n'en prendra plus soin ? Donne-moi plutôt un nouveau peuple et nous t'honorerons ainsi que lui ! »

Minerve fut touchée de pitié. Soudain une grande troupe de fourmis commença à descendre du haut de l'arbre et, en touchant terre, elles se redressaient et devenaient des hommes et des femmes. Le roi leur donna

UNE TROUPE DE FOURMIS COMMENÇA A DESCENDRE DU HAUT D'UN ARBRE ET EN TOUCHANT TERRE
ELLES REDEVENAIENT DES HOMMES ET DES FEMMES.

donc l'héritage de ceux qui étaient morts, et grâce à leur travail tout le
pays devint plus fertile que jamais.

* *
*

Minerve aimait aussi à faire bâtir des villes. Un jour elle remarqua
un village de pêcheurs au pied d'une colline escarpée, d'où l'on voyait
très loin dans la mer et la campagne, en sorte que nul ennemi ne pouvait approcher sans être aperçu. Aux alentours, le ciel et l'eau étaient
merveilleusement bleus, la terre parée de fleurs et de verdure.

Alors la déesse dit aux habitants : « Ce pays me plaît. Entourez ce
monticule d'un large mur et, au sommet, bâtissez-moi un grand temple
de marbre où vous placerez des statues et surtout la mienne, plus haute
et plus belle que toutes les autres et plus resplendissante d'or, d'ivoire
et de brillantes couleurs; sur mon casque, vous poserez la chouette qui
veille pendant la nuit, et je vous protégerai éternellement. »

NEPTUNE OFFRE A LA VILLE UN CHEVAL ; MINERVE
UN OLIVIER ; C'EST ELLE QUI LUI DONNERA SON NOM.

Aussitôt les hommes se mirent à l'œuvre, les uns creusant les fondations, gâchant le mortier, pendant que les autres allaient de tous côtés dans les îles voisines pour chercher les plus beaux marbres possible qu'ils rapportaient sur leurs bateaux lourdement chargés ; cependant aucun bateau ne faisait naufrage, parce que la déesse les guidait.

Mais à la fin, le dieu de la Mer, Neptune, s'écria : « Puisque j'ai porté les bateaux, c'est moi qui donnerai mon nom à la ville nouvelle, autrement je ferai de si terribles tempêtes que la mer engloutira la terre ! »

Minerve répondit : « Si la ville est détruite, elle ne sera ni à toi, ni à moi !... Au lieu de cela, offrons-lui deux cadeaux ; si son peuple préfère le tien, tu nommeras la ville. Sinon ce sera moi, moi, Minerve-Athéné.

— Bien ! » accepta Neptune d'un air déjà vainqueur.... Il frappa la mer avec son trident, ce qui fit paraître de hautes vagues à crête blanche, qui couraient vers le rivage, tels des chevaux à crinière flottante... et soudain, un vrai cheval en sortit qui se mit à bondir autour de Neptune.

A cette vue, les hommes et les enfants battirent des mains en disant : « Quel bel animal pour la guerre et les courses de chars ! »

Sans répondre, Minerve se pencha pour toucher du doigt une touffe d'herbe ; et aussitôt celle-ci devint un grand arbre vert pâle, à fruits vert sombre... comme des olives, car c'était un olivier.

Aussitôt d'une seule voix la foule entière s'écria : « Béni soit l'arbre, père de l'huile, qui nourrira les affamés et, le soir, fera briller les lampes pour la paisible veillée. L'olivier vaut mieux que le cheval. »

*
* *

Ainsi, la nouvelle ville appartint à la déesse Minerve-Athéné et reçut le nom d'Athènes.

En hâte, sur la colline, on acheva la citadelle de l'Acropole, et pour la défendre, Jupiter offrit à sa fille un présent admirable, en disant : « Voici l'invincible égide; car ce bouclier divin, c'est la peau même d'Amalthée, la glorieuse nourrice des Immortels. Le combat des dieux et des Titans est gravé dessus. Puisse ton peuple triompher de ses ennemis, comme Jupiter a triomphé des Titans ! »

C'est alors qu'on fit la première fête des Panathénées : d'abord la procession de tout le peuple à la suite d'un navire monté sur des roues et qui rappelle les bienfaits de Neptune; mais ses voiles sont d'une superbe étoffe où toute l'histoire de Minerve est brodée....

Puis vinrent les joutes de toutes sortes à pied et à cheval... Enfin, à la nuit, il y eut les courses aux flambeaux, et la ville entière s'éclaira de mille lumières, tandis que partout retentissait l'hymne en l'honneur d'Athéné aux yeux clairs.

Ces fêtes charmèrent le cœur de la déesse et elle dit aux Athéniens : « D'âge en âge, tous les quatre ans, les Panathénées seront célébrées dans ma ville. »

Souvent depuis lors Athéné quitta l'Olympe pour se pencher sur la ville et suivre du regard les réjouissances en son honneur.

C'est pourquoi sur les murs de son magnifique temple, le Parthénon, elle avait toujours plaisir à voir la longue frise sculptée qui représente toute la procession : le navire traîné par des bœufs puissants, puis, à la file, des prêtres aux longues robes de lin, des jeunes filles, des musiciens joueurs de lyre et de flûte, des vieillards portant des rameaux d'olivier chargés de fruits.

* * *

Minerve n'était pas toujours bonne. Pour se venger de Méduse, qui l'avait contrariée, elle changea ses cheveux en affreux serpents et elle voulut que sa tête eût le pouvoir de changer en pierre quiconque la regarderait.

PERSÉE TUE MÉDUSE ; DE SON SANG JAILLIT PÉGASE. SA TÊTE ORNERA LE BOUCLIER DE MINERVE.

DIANE

Voici les histoires que, dans les veilles de la nuit, les chasseurs se racontaient autrefois autour des grands feux qui éloignent les bêtes sauvages :

DIANE, DÉESSE DE LA LUNE ET DE LA CHASSE, AVEC SON CERF FAVORI.

DIANE, déesse de la Lune, et Apollon, dieu du Soleil, sont jumeaux; c'est pourquoi ils aiment à se rencontrer, et parfois elle se hâte de paraître avant le crépuscule, ou bien elle s'attarde, au ciel, le matin, pour apercevoir le char flambloyant de son frère.

Avant leur naissance, Latone, leur mère, fuyait un jour, poursuivie par la haine de Junon. Arrivée au bord de la mer elle allait se noyer, quand, pour la recevoir, Neptune fit paraître sur l'eau, près du rivage, une île admirable. Bientôt ses enfants naquirent et ils étaient les plus beaux qu'on eût jamais vus! Elle en était fière, car chacun les admirait. Or Niobé, la reine d'un pays voisin, apprenant cela, les fit venir pour les comparer aux siens; alors elle dit à Latone en se moquant : « Deux enfants! Qu'est-ce là! Regarde les miens : sept fils et sept filles! Voilà ce qui est beau! Éloigne-toi donc et cesse de vanter tes jumeaux! »

Latone rougit de colère, mais différa sa vengeance. Plus tard excités par leur mère, Diane et Apollon, quand ils furent grands, prirent leurs arcs et leurs flèches et tuèrent tous les enfants de Niobé, jusque dans ses bras.... La douleur de la pauvre mère fut si grande que Jupiter eut pitié d'elle et la changea en un rocher insensible, d'où, pourtant, coule toujours une source plaintive.

*
* *

Lors, dans sa sagesse, le maître de l'Olympe dit à Diane : « Ma fille, ce sont les bêtes féroces que le bon archer doit viser. Sois donc la déesse de la chasse et conduis aussi le char de la Lune, dont tu lanceras les rayons pareils à des flèches d'argent. »

Diane répondit en souriant : « Cela me plaît! Et, afin que l'on me dis-

POUR VENGER LEUR MÈRE QU'AVAIT IRRITÉE NIOBÉ, APOLLON ET DIANE TUENT A COUP DE FLÈCHES TOUS LES ENFANTS DE LA MALHEUREUSE.

tingue entre toutes les déesses, je placerai sur mon front un peigne étincelant, tel un croissant de lune. »

En effet, le beau croissant couronne sa chevelure, la nuit, quand elle se promène avec sa grande robe semée d'étoiles, et il la fait aussi reconnaître le jour, quand elle revêt la courte tunique des chasseresses, pour courir les bois à la poursuite des bêtes sauvages, ou lorsqu'elle se baigne avec ses compagnes dans les frais ruisseaux.

Cependant, elle est toujours cruelle pour qui l'offense. Malheur à qui s'approche des sources qu'elle fréquente !

Un jour d'été, après une longue chasse, comme elle se baignait délicieusement dans l'eau limpide d'un étang écarté, le prince Actéon arriva sur le bord, en poursuivant un cerf et s'arrêta pour la regarder. Irritée de cette indiscrétion, Diane frappe vivement la surface de l'eau et la fait jaillir sur le jeune chasseur. Aussitôt il est changé en cerf et ses propres chiens, ne le reconnaissant plus, se jettent sur lui et le déchirent.

LATONE ET LES DEUX JUMEAUX : APOLLON DIEU DU SOLEIL, DIANE DÉESSE DE LA LUNE.

Malheur également à qui la défie : Le prince Orion était si fort et si adroit chasseur qu'il se vanta de détruire, sans lancer aucune flèche, avec sa massue d'airain et sa longue épée, tous les animaux féroces qui désolaient une des plus jolies îles de la Grèce. Bientôt, en effet, il ne resta plus ni lions, ni tigres, ni sangliers, ni serpents... Alors détachant de son ceinturon doré son épée étincelante, Orion la brandit en regardant bien en face la Lune qui se levait et s'écria : « Ne suis-je pas égal aux Immortels ? La divine chasseresse même n'ose pas comme moi se mesurer avec les bêtes sauvages, puisque son arc les frappe toujours de loin. »

Mais à ce moment il tomba mort, sous la morsure d'un scorpion venimeux envoyé par Diane courroucée. Cependant, celle-ci regretta bientôt sa colère et transporta le vaillant chasseur au firmament, où une bande de trois étincelantes étoiles voisines forment sa ceinture

*
* *

Diane aimait à être entourée de jeunes filles qu'elle exerçait aux danses gracieuses et aux joutes de l'arc, de la course, de la lutte, afin de les rendre robustes et agiles, et que les plus habiles la suivent à la chasse.

Sa compagne préférée fut longtemps Atalante, qu'elle avait trouvée toute petite dans la forêt où le roi, son père, l'avait fait abandonner quand elle naquit au lieu du fils qu'il désirait. C'était un beau soir de printemps. Posée sur la mousse, la mignonne princesse souriait et tendait vers les rais du soleil couchant ses vigoureuses menottes, dont l'une portait au poignet deux menus points noirs comme des myrtilles. Diane, saisie de pitié, appela une ourse apprivoisée, lui ordonnant d'allaiter l'enfant avec ses petits et d'en prendre grand soin.

Sitôt que la fillette put se passer de sa nourrice, Diane l'appela auprès d'elle pour en faire peu à peu son amie.

Un jour que la déesse et ses compagnes dansaient au sommet d'une colline, on entendit dans la plaine le son des cors qui menaient une chasse. Atalante jeta de ce côté un regard d'envie, puis tourna des yeux suppliants vers Diane qui sourit en lui disant : « Va ! »

La jeune princesse quitta la ronde précipitamment, saisit son carquois et, rapide comme une flèche, elle rejoignit les cavaliers, puis bientôt les devança et elle atteignit le cerf au moment où il s'affaissait exténué dans un fourré. L'animal tombé à genoux la regarda d'un air suppliant, les yeux pleins de larmes, car les chasseurs arrivaient, et il sentait venir la mort.

Atalante étendit la main sur lui en s'écriant : « Grâce pour lui, au nom de Diane, car les dieux protègent les suppliants. »

Le chef, un roi vénérable, arrêta d'un geste rapide ceux qui allaient frapper la bête, et se tournant vers la belle chasseresse, il lui dit : « Jeune fille, le cerf t'appartient ; sauve-le donc à ton gré, à toi l'honneur de la chasse ! En souvenir de ce jour accepte cet anneau. » Atalante était fière et elle leva la main pour repousser le présent. Ce geste laissa voir sur son poignet les signes de sa naissance, les deux points noirs. — « Ma fille, ô ma fille », s'écria le roi ; et, pleurant, lui demandant pardon, il la supplia de revenir auprès de lui dans son palais solitaire, car jamais aucun autre enfant n'y était né.

Atalante secoua la tête sans répondre, et le roi, soudain vieilli, s'éloigna lentement, ses mains tremblantes laissant sur son cheval flotter les rênes. La jeune fille le suivit longtemps du regard, puis elle rejoignit la déesse et lui raconta son aventure : « Oublie-le, conseilla Diane, il t'a chassée de son cœur.

— Il s'est repenti…

— Il t'a abandonnée dans la forêt.

— C'est lui maintenant qui est abandonné ; certes, je ne te quitterai pas sans regret, ô déesse bienveillante qui m'as sauvée ! Je t'aime et ton service m'est agréable, mais mon père est si triste, si vieux ! »

Diane soupira, puis murmura : « Obéis à la loi écrite dans ton cœur ! »

Atalante retourna donc dans le palais de son père et fut sa joie.

POUR AVOIR SURPRIS DIANE AU BAIN, LE MALHEUREUX ACTÉON EST MÉTAMORPHOSÉ EN CERF.

APOLLON

Voici les histoires que les poètes et les musiciens racontaient autrefois aux foules accourues à Delphes pour les grandes fêtes en l'honneur d'Apollon :

APOLLON PARCOURT LE CIEL SUR UN CHAR ATTELÉ DE COURSIERS FOUGUEUX.

APOLLON est le dieu de la lumière et, quand les Heures vigilantes ont attelé au char du Soleil ses quatre grands chevaux, il va chaque matin, jetant ses rayons comme des flèches d'or qui percent les plus profondes ténèbres et portent aux hommes joie et santé. Il est aussi le dieu qui charme les peuples par la musique et la poésie, car les abeilles du mont Hymette l'ont nourri de leur miel qui rend la voix douce et harmonieuse, — et sitôt qu'il chanté, hommes et dieux accourent.

⁎⁎

Quel triomphe que sa première victoire ! Un jour, presque enfant, il errait sur le Mont Parnasse, près de la ville de Delphes et, comme il passait devant une sombre caverne, un monstre bondit vers lui avec des cris et des sifflements horribles. C'était le Serpent Python terreur du pays, car il avait une tête affreuse et sa gueule vomissait du feu.

Aussitôt le jeune dieu lança une flèche mortelle et dépouilla Python de sa peau en s'écriant : « Périssent ainsi tous les monstres! ».

⁎⁎

« Certainement ce lieu est prédestiné à la demeure des Immortels, pensèrent les peuples ; n'est-ce pas ici qu'ils arrêtèrent le radeau de Deucalion et qu'ils lui parlèrent? Voyez : la cime du Parnasse touche le ciel et sa couronne de neiges étincelantes envoie des eaux vives sur les pentes à travers les orangers et les myrthes embaumés. Quel séjour délicieux ! Voyez aussi toutes ces grottes mystérieuses qui s'enfoncent au centre de la terre et pleines de bruits étranges... N'est-ce pas la voix d'un dieu? »

Un temple immense et superbe, dédié à Apollon, fut donc bâti là par les

POUR SA PREMIÈRE VICTOIRE, APOLLON DÉTRUIT UN MONSTRE HORRIBLE QUI DÉVASTAIT LE PAYS. C'EST
LE SERPENT PYTHON DONT LA GUEULE EFFRAYANTE VOMISSAIT LE FEU.

offrandes de tous les peuples qui venaient lui demander de révéler l'avenir,
disant : « C'est le Dieu du jour qui voit tout, et il connaît même ce qui
n'est pas encore arrivé ; il devine aussi le secret des cœurs et ses admirables oracles répondent à toutes les questions. »

C'est pourquoi les cœurs tremblent d'angoisse quand sa prêtresse, la
Pythie, sur le trépied couvert de la peau de Python, s'assied auprès de la
crevasse d'où s'échappent des vapeurs épaisses qui la font parler.

*
* *

Non moins bienfaisant qu'Apollon fut son fils, Esculape, qui guérissait
les malades, car il savait tous les secrets du clair soleil et de l'air pur d'où
naît la santé et il connaissait les plantes salutaires qui font les remèdes.

Alors, Pluton, roi des Morts, vint dire à Jupiter : « Tu m'as donné
un royaume inutile, personne n'y vient plus et les hommes se moquent
de moi, depuis qu'Esculape les guérit tous et même les ressuscite. Ils disent

EXILÉ DE L'OLYMPE, APOLLON GARDA PENDANT NEUF
ANNÉES LES TROUPEAUX DU ROI ADMÈTE.

maintenant qu'ils seront plus puissants que toi et moi. »

Jupiter fit un geste de colère... et l'habile médecin tomba foudroyé! Mais, loin d'être oublié, il devint le dieu de la médecine.

Cependant, à peine l'éclair avait-il frappé Esculape que son père le vengeait en tuant les Cyclopes forgeurs de foudre. Furieux, Jupiter, s'écria : « Téméraire! te crois-tu donc à l'abri de mes coups? Certes, je ressusciterai les Cyclopes, tandis que toi, pendant neuf ans, exilé de l'Olympe, tu garderas les troupeaux du roi Admète ».

*
* *

Apollon obéit. Mais ses chants merveilleux firent vite deviner qui il était, et le pâtre divin fut l'hôte vénéré du palais aux belles chambres et aux moelleuses toisons. D'ailleurs, vers ce même temps, son frère Mercure inventa la lyre harmonieuse, et la lui offrit, en sorte que durant le jour il charmait les bergers et les bêtes des champs ; puis, à la veillée, il ravissait d'admiration le roi Admète et ses amis.

Un soir, cependant, le roi l'avait écouté d'un air fort triste ; puis il dit : « Hélas! divin Musicien, ta lyre même ne peut plus réjouir mon cœur, car je voudrais conduire dans ma maison comme épouse la belle Alceste aux longues tresses; mais son père annonce qu'il donnera sa fille seulement au prince qui viendra la chercher dans un char traîné par un lion et un sanglier. Or, comment dompter et atteler à mon char de tels animaux?.. »

Apollon sourit et, le lendemain à l'aube, il arriva devant le palais suivi par une troupe de lions et de sangliers, ensorcelés par les sons de sa lyre, et il appela le roi, disant : « O toi que le chagrin empêche de dormir, sors promptement pour choisir ton attelage et aller chercher ta fiancée. »

Les serviteurs se hâtèrent de préparer un char splendide auquel on attacha le plus beau lion et le plus fort sanglier, et, avant la fin du jour, Admète revint, ramenant sa jeune femme dans son palais.

Quand les neuf années de servitude furent achevées, Apollon reprit sa place parmi les dieux.

* *

Le beau Phaéton était un autre fils d'Apollon. Fort orgueilleux de sa naissance, il en parlait sans cesse pour éblouir ses camarades. Lassés à la fin, ceux-ci lui répondirent un jour : « Les vantardises ne prouvent rien. Peu importe d'ailleurs la naissance divine quand on n'agit pas comme les Immortels... Es-tu vraiment le fils d'un dieu?...

— Vous le verrez bien, s'écria Phaéton hors de lui, car je vais aller trouver mon père et c'est moi qui demain conduirai le char du Soleil ».

Or le soir, à travers plaines et montagnes, il arriva au palais du Jour.

Le dieu le reconnut aussitôt et dit : « Que veux-tu, mon fils?

— J'ai été outragé et je veux confondre mes ennemis.

— Certes, je t'y aiderai. Dis ce que tu désires et, par le Styx, je te l'accorde d'avance. Nul serment ne lie plus fort les dieux et les hommes. »

Phaéton osa demander de conduire pendant un jour le char du Soleil.

« Malheureux enfant! s'écria son père, tu ne sais pas quels précipices bordent la route, quels monstres guettent de toutes parts et combien il faut une main habile et robuste pour guider mes chevaux fougueux! Tu risques d'y perdre la vie! Renonce à ton désir ».

Phaéton s'entêta et n'écouta aucun conseil. Le lendemain, quand les Heures ouvrirent les portes du jour devant les coursiers impatients, au lieu de les retenir, l'imprudent les excita et bientôt ils allèrent au hasard, tantôt se rapprochant de la Terre comme un feu dévorant, tantôt s'en éloignant tellement que l'hiver faisait rage.

Les peuples épouvantés jetèrent de si grands cris que Jupiter regarda vers eux et, pour arrêter le char en perdition, foudroya Phaéton.

POUR ARRÊTER LE CHAR DU SOLEIL EN PERDITION, JUPITER FOUDROIE PHAÉTON.

MIDAS

Voici l'histoire que les roseaux racontaient jadis aux Vents, quand ceux-ci, faisant éclater leurs outres, s'échappaient à travers le monde :

Un jour, comme Gordius, le laboureur phrygien, arrivait à la ville dans son char à bœufs blancs, une foule courut au-devant de lui en criant : « Le roi est mort... Règne à sa place, car l'Oracle a dit : « Mettez « sur le trône le premier homme qui se présentera aux portes dans un chariot « traîné par des bœufs blancs. »

Plein de reconnaissance, Gordius aussitôt se rendit au temple de Jupiter ; il détela son char, et, afin de le consacrer aux Dieux pour toujours, il l'attacha à l'autel avec des nœuds si habilement enlacés qu'on ne voyait aucun bout.

Alors l'Oracle décida : « Voici le nœud gordien ; jamais aucun ne lui fut pareil. O toi qui sauras délier ce nœud, tu feras la conquête de l'Asie ! »

Vainement beaucoup de princes s'y essayèrent... Longtemps plus tard, Alexandre le Grand, en route pour la conquête du monde, devait trancher les courroies d'un coup d'épée. Mais Midas, fils de Gordius, ne se souciait guère de l'oracle ; il aimait la vie tranquille et se fit construire un magnifique palais au bord du fleuve Pactole, où Pan, dieu des bergers, venait volontiers couper des roseaux pour sa flûte aux sept tiges inégales. Quand il soufflait dedans, il faisait entendre des airs si charmants, que chevreaux et agneaux bondissaient de plaisir. Le dieu lui-même dansait quelquefois. Tout cela réjouissait le roi Midas qui se promenait souvent dans ces riants pâturages.

Un jour, Apollon se moqua de Pan qui répondit : « Ma flûte vaut bien ta lyre.

— Donnons un concert et prenons des juges, répliqua Apollon. »

PAN AVAIT LES CORNES, LES PIEDS
ET LES CUISSES VELUES DU BOUC.

APOLLON, DÉPITÉ DE NE PAS AVOIR REMPORTÉ LE PRIX DU CHANT, SE VENGE EN FAISANT POUSSER
A MIDAS DES OREILLES D'ANE.

Alors, le roi Midas invita les musiciens dans son palais en promettant
d'offrir au vainqueur une couronne de laurier d'or fin. Il était très riche,
très riche, car il avait obtenu de Jupiter que tout ce qu'il toucherait fût
changé en or.

D'abord, tout alla bien : ainsi, en se promenant dans son jardin,
il cueillit une branche de laurier pour chasser un moucheron, tout l'arbre
devint d'or ; — et de même son trône, dès qu'il s'y fut assis. Mais
hélas ! pour déjeuner, comment faire ? Tous les aliments et les boissons,
depuis le pain jusqu'à l'eau, devenaient d'or sitôt qu'il les touchait..., il
ne pouvait rien, rien manger, et quand il embrassa sa petite fille, elle
fut changée en statue d'or !

Alors, il supplia Jupiter d'oublier son souhait, et Jupiter répondit :
« Puisque tu reconnais ta folie, va te baigner dans le Pactole, au bout de
ton jardin ; après quoi, tu verseras de l'eau sur les hommes et les
choses changés en or, et tout redeviendra comme avant. »

PÉGASE, LE CHEVAL AILÉ, QUI SERVAIT
DE MONTURE À APOLLON.

Midas courut donc se plonger dans le fleuve qui, depuis ce moment, roula du sable d'or ; puis il rapporta une grande cruche pleine d'eau dont il aspergea d'abord la chère petite princesse, puis son jardin et son palais : il oublia seulement le trône et le laurier, qui restèrent en or.

⁎

Au jour du concours, la foule accourut. Apollon, croyant gagner la belle couronne, avait invité ses neuf sœurs, les Muses ; elles quittèrent donc la haute montagne du Parnasse où elles habitaient d'ordinaire et arrivèrent l'une après l'autre, ainsi qu'Apollon, sur les ailes argentées d'un merveilleux cheval, nommé Pégase, qui volait aussi vite que l'éclair.

Quand le roi Midas eut pris place sur son trône, on fit un grand cercle autour des musiciens et Pan commença. Il imita d'abord l'appel mélodieux des merles, puis le gazouillement joyeux des hirondelles, enfin les roulades du rossignol... Midas aimait beaucoup le chant des oiseaux ; il applaudit de toutes ses forces et donna la couronne au dieu des Bergers, sans attendre le tour d'Apollon.

Celui-ci parut fort vexé, ainsi que les Muses, et, au moment où il enfourchait Pégase, il murmura quelques mots dont on entendit seulement le premier et le dernier : « Midas... âne. » Mais personne n'y prit garde.

⁎

Le peuple se dispersa et le roi, resté seul avec son barbier qui ne le quittait jamais, sortit sur la terrasse devant son palais pour saluer le soleil couchant, puis il se détourna pour rentrer... et il poussa un cri...

Là, devant lui, sur le mur, il voit son ombre majestueuse... mais qu'y a-t-il de changé sur sa tête ?... à droite et à gauche... Il y porte la main : ce sont des oreilles immenses, allongées, pointues, à poils gris... « Est-ce un rêve?... Qui est là ?... Est-ce moi?... Oui ! et j'ai des oreilles d'âne!... Viens ici, barbier, et coupe vite... »

Le barbier prend le rasoir ; mais déjà le roi l'arrête, songeant que, sans doute, Apollon fera repousser ses oreilles d'âne, en sorte que ce sera toujours à recommencer, et il s'écrie : « J'ai tort! j'allais oublier que les ânes et les chevaux sont parents. Si je suis cousin de Pégase, le cheval divin! oh! oh! ce n'est pas déjà si mal !

— Certes! dit le barbier.

— Cependant, les gens sans réflexion pourraient rire ; tu prendras donc une belle étoffe de pourpre et tu m'en feras une gracieuse coiffure à pointe recourbée en avant…. Mais, ajouta Midas, un doigt sur ses lèvres, sois muet sur tout cela, sinon, au premier mot, je te coupe les oreilles. »

Tremblant, l'homme au rasoir promit et personne ne s'aperçut de rien, grâce à la nouvelle coiffure royale qui fut bientôt à la mode dans tout le peuple sous le nom de Bonnet phrygien.

Quant au barbier, il pensait sans cesse au grand secret qu'il possédait ; et comme une pie bavarde, il étouffait de n'en pouvoir parler sans un danger terrible… Peu à peu, il en perdit le sommeil et l'appétit et se sentit près de mourir s'il se taisait plus longtemps.

Il courut donc dans un champ et fit dans la terre un trou profond ; puis, se mettant à plat ventre, il cria dans le trou :

> « Midas, le roi Midas,
> A des oreilles d'âne. »

Alors, ayant comblé le trou, il retourna chez lui, soulagé.

L'année suivante, comme il passait dans ce même endroit, il y aper-çut une touffe de roseaux, qui, au moindre vent, disaient :

> « Midas, le roi Midas,
> A des oreilles d'âne. »

Quelle surprise! quelle frayeur ! Le pauvre barbier en tomba raide mort ! Cependant son indiscrétion restait : un enfant, passant par là, entendit les mêmes paroles, il les répéta ; chacun rendit visite aux roseaux, et bientôt tout tout le monde connut le secret du roi Midas.

INCAPABLE DE GARDER SON SECRET, LE BARBIER CONFIE A LA TERRE QUE MIDAS A DES OREILLES D'ANE.

BACCHUS

Voici les histoires qu'autrefois, à la fin de l'été, les grives se racontaient en voyant mûrir les raisins muscats de la Grèce qui sont leurs raisins favoris :

C'EST Bacchus, fils de Jupiter et de la princesse Sémélé, qui a planté les premières vignes. Le jour de sa naissance, Mercure apporta le nouveau-né à de bonnes Nymphes en leur disant : « Sa mère vient de mourir, car elle a voulu voir Jupiter au milieu de sa gloire dans les tonnerres et les éclairs. Ceux-ci ont mis le feu au palais qui s'est écroulé et on a pu sauver seulement le petit enfant. Soignez-le donc tendrement, comme s'il était votre fils. »

Elles firent ainsi et l'enfant grandit, beau et robuste.

Quelques années plus tard, Mercure vint de nouveau le prendre de la part de Jupiter pour le confier aux Muses, sœurs d'Apollon, en leur demandant de l'instruire en toutes choses. Bientôt elles furent fières de leur élève, car il s'appliquait également aux sciences, à la musique, à la danse et y prenait plaisir.

*

Or, un jour, le jeune Bacchus chantait dans un bocage dont le silence n'était troublé que par le bruit des fontaines et par le chant des oiseaux. L'enfant de Sémélé s'assit dans un coin, au pied d'un vieux chêne, du tronc duquel plusieurs hommes de l'Age d'or étaient nés. Il avait même autrefois rendu des Oracles, et le temps n'avait osé l'abattre de sa tranchante faux.

Auprès de ce chêne sacré et antique se cachait un jeune Faune, qui prêtait l'oreille aux vers que chantait l'enfant, et qui marquait

AYANT VOULU VOIR JUPITER DANS SON OLYMPE, SÉMÉLÉ FUT LA PROIE DES FLAMMES CÉLESTES.

APRÈS LA MORT DE SA MÈRE, LE JEUNE BACCHUS FUT CONFIÉ A DES NYMPHES QUI LE SOIGNÈRENT TENDREMENT. AINSI L'ENFANT GRANDIT, ROBUSTE ET BEAU.

par un rire moqueur toutes les fautes qu'il faisait. Aussitôt les Naïades et les autres Nymphes du bois souriaient aussi.

Ce critique était jeune, gracieux et folâtre ; sa tête était couronnée de lierre et de pampre ; de son épaule pendait sur son côté droit, en écharpe, un feston de lierre. Il était enveloppé, au-dessous de la ceinture, par la dépouille affreuse et hérissée d'une jeune lionne qu'il avait tuée dans les forêts. Sa queue paraissait derrière comme se jouant sur son dos.

Mais, ne pouvant souffrir un dieu malin, Bacchus lui dit d'un ton fier et impatient : « Comment oses-tu te moquer du fils de Jupiter ? »

Le Faune répondit sans s'émouvoir : « Hé ! comment le fils de Jupiter ose-t-il faire quelque faute ? »

(d'après FÉNELON.)

*
* *

Ensuite Jupiter donna pour précepteur à son fils un vieillard que l'ivresse avait abruti : c'était Silène, trapu, ventru, au crâne chauve, au corps velu, qui s'abreuvait sans cesse à une outre immense et toujours pleine.

Sur les conseils de Silène, Bacchus enseigna aux hommes l'art de faire du vin et lui-même en abusa souvent. Ainsi, un jour qu'il revenait d'un grand voyage en Asie, il monta sur un bateau pour passer en Grèce et, tout à coup, il fit naître des prodiges extraordinaires : des flots de vin inondèrent le navire, une vigne flexible chargée de grappes jaunes et violettes grimpa en un clin d'œil jusqu'au sommet des mâts.

Puis, soudain, Bacchus sembla avoir perdu la raison : il se changea en lion rugissant qui bondit sur le pilote et le déchira, en sorte que le sang rougit le navire et la mer, tandis que tous les matelots épouvantés sautaient dans l'eau où ils furent changés en dauphins...

Enfin, il se calma et fut honteux de sa folie. Jamais il n'aurait cru que l'ivresse pût faire commettre tant de sottises, même à un dieu.

*
* *

Le voyageur débarqua chez le roi Icarius qui le reçut avec honneur. Avant de repartir, Bacchus reconnaissant lui dit : « Je veux te laisser un cadeau pour ta généreuse hospitalité... » Aussitôt des vignes chargées de grappes mûres s'enlacèrent d'arbre en arbre autour du palais. « Ces fruits, ajouta le dieu, sont un aliment délicieux et bienfaisant. Si on en exprime le jus, on obtient une boisson agréable, qui, en petite mesure, réjouit le cœur... Use sagement de ce don, ô mon hôte, et longtemps sois heureux... »

EXCITÉS PAR LE VIN, LES SUJETS D'ICARIUS TUENT LEUR MALHEUREUX ROI QUI LEUR EN A APPRIS L'USAGE.

Après le départ de Bacchus, Icarius mangea des raisins en abondance et il en écrasa. Puis, ce breuvage lui ayant plu, il voulut le faire connaître à son peuple. Il remplit donc de vin des outres immenses et se mit à parcourir les campagnes en distribuant aux laboureurs et aux bergers la liqueur de Bacchus. Hélas ! les outres furent bientôt vides, car les hommes burent sans modération.

Alors, ivres et comme fous, ne

PENDANT UNE TRAVERSÉE D'ASIE EN GRÈCE, BACCHUS, IVRE DE VIN, SE PRÉCIPITE SUR LES MATELOTS QUI, POUR L'ÉVITER, SE JETTENT A LA MER ET SONT CHANGÉS EN DAUPHIN.

sachant plus ce qu'ils disaient ni faisaient, ils s'imaginèrent que leur roi avait voulu les empoisonner, en sorte que, pleins de fureur, ils se jetèrent sur lui et le tuèrent.

⁂

Néanmoins, en l'honneur de Bacchus, certains peuples instituèrent des fêtes, qu'on appela les Bacchanales, où hommes et femmes, la figure barbouillée de lie, la tête couronnée de pampres, le menton orné de feuilles comme une barbe, se promenaient en longs cortèges, dansant et hurlant de toutes manières.

Or, Penthée, roi de Thèbes aux sept portes, détestait ces spectacles et refusait de se joindre aux cérémonies en l'honneur de Bacchus.

Mais une nuit, pendant les fêtes, il eut un rêve terrifiant : il voyait approcher le vieux Silène qui lui disait : « Ton heure est venue d'aller chez les morts ; cependant, Bacchus obtiendra que le fil de tes jours soit pro-

PENDANT LES BACCHANALES, HOMMES ET FEMMES,
PARÉS DE PAMPRES, SE PROMENAIENT EN CHANTANT.

longé à l'une des trois conditions suivantes : « Frappe ton grand-père Cadmus, — tue ta mère, — ou bois du vin.... Hâte-toi de te décider, le temps presse. »

Penthée s'éveilla, tremblant d'angoisse : « Maltraiter un vieillard ? pensait-il, moi, son enfant... Quel crime ! Tuer ma mère ?... Quel crime plus horrible encore !.... Plutôt boire du vin. »

Et Penthée but du vin.

Alors, s'étant enivré, il frappa son grand-père, et courut vers sa mère pour la tuer.... Mais celle-ci, folle d'épouvante et croyant voir un loup furieux, se jeta sur son fils et l'étrangla de ses propres mains.... Puis soudain, le reconnaissant, elle se pendit de douleur auprès du cadavre.

Cependant les fêtes en l'honneur de Bacchus ont laissé d'autres souvenirs que ces crimes épouvantables. De ces fêtes sont nées, en effet, la tragédie et la comédie. Le dieu du vin avait eu bien des aventures dans sa vie ; ses adeptes s'amusèrent à les représenter : aventures plaisantes, qui furent la comédie ; aventures plus graves qui furent la tragédie. Au commencement, les représentations théâtrales étaient surtout constituées par des chœurs qui chantaient et dansaient ; entre les évolutions des chœurs un « récitant » disait les exploits du dieu ; peu à peu au récit on substitua l'action ; des « acteurs » jouèrent les scènes et le chœur perdit de son importance.

Ceux qui jouaient le mieux recevaient en récompense un bouc, animal consacré à Bacchus.

VÉNUS

Voici l'histoire que chaque automne, autrefois, les vieux pommiers racontaient aux pommes mûrissantes suspendues à leurs rameaux :

C'ÉTAIT un matin de printemps. Tout souriait, le ciel pur, la terre fleurissante et la mer bleue bercée par le zéphyr. Alors, une douce vague, couronnée d'une jolie écume blanche, posa sur la plage une large coquille nacrée où dormait la déesse Vénus. Elle s'éveilla, et s'assit sur le sable tiède en secouant sa longue chevelure dorée, semée de gouttes d'eau, et qui, flottante au vent, semblait un manteau de soie. Elle était si belle que Jupiter lui fit dire aussitôt : « Viens dans l'Olympe pour être la déesse de la Beauté. »

En même temps, pour l'emporter, il envoya deux colombes traînant un char léger où Vénus s'assit joyeusement.

VÉNUS EST POUSSÉE SUR LA PLAGE PAR LA POPULATION DES FLOTS.

Bientôt après son arrivée dans l'Olympe, plusieurs dieux la demandèrent en mariage. Mars, toujours impétueux, s'avança le premier, et de sa voix retentissante cria : « Pour conquérir la blonde Vénus, je suis prêt à faire la guerre aux dieux et aux hommes ! » Apollon dit d'une voix mélodieuse : « Si elle consent à venir dans mon palais de lumière, je lui offrirai toute la splendeur du soleil et des concerts magnifiques. »

Mercure allait parler pour se mettre sur les rangs, et peut-être aussi Bacchus, quoiqu'il eût l'air appesanti par de trop nombreuses libations. Mais, à ce moment, Vulcain arriva clopin-clopant, pour annoncer à son père qu'il lui avait préparé des tonnerres et des éclairs plus terribles que jamais.

« Voilà celui qui mérite Vénus et qui sera son époux » ! s'écria Jupiter reconnaissant. Sur-le-champ on fit les fêtes du mariage, et la déesse de la Beauté suivit le divin boiteux dans le sombre palais souterrain qu'il habitait auprès de ses forges.

MERCURE PRIT LA POMME LANCÉE PAR LA DISCORDE ET ALLA LA REMETTRE AU BERGER PARIS.

Or, Vénus ne tarda pas à se plaindre de la fumée qui ternissait son admirable teint rose et blanc, du bruit des marteaux sur les enclumes, qui l'assourdissait, et enfin les Cyclopes étaient si laids, avec leur œil unique au milieu du front, qu'ils l'effrayaient. Elle prit donc l'habitude de faire de longs séjours sur l'Olympe, et Jupiter lui donna un splendide palais pour y habiter à son gré avec ses nombreux enfants. Tous étaient très beaux, surtout son fils Eros, dieu de l'Amour, que ses ailes portaient sans cesse à travers le ciel et la terre, où il se jouait à lancer de tous côtés des flèches rapides, qui éveillaient l'amour dans les cœurs.

Ses filles, la brillante Aglaé, la joyeuse Euphrosine, l'aimable Thalie étaient si charmantes qu'on les nommait les trois Grâces. Parées de fleurs, elles réjouissaient tous les yeux en passant la plus grande partie de leur temps à danser et à jouer en chantant, afin de plaire à leur mère, qui aimait les fêtes par-dessus tout.

En outre, très occupée à sa toilette et à son miroir, Vénus répétait sans cesse : « C'est moi qui suis la reine de la Beauté » et cela irritait les autres déesses, qui méprisaient sa frivolité et son oisiveté.

Alors l'épouse de Vulcain chercha le moyen de les humilier en se faisant donner solennellement le prix de beauté par les dieux et les hommes.

*
* *

Justement, quelque temps plus tard, la Renommée, qui court le monde en sonnant de la trompette, vint convier tous les dieux aux noces du roi Pélée avec la jolie Nymphe Thétis. Il devait y avoir un somptueux festin avec des porcs et des bœufs rôtis tout entiers, ainsi qu'il plaît aux Immortels et aux princes de la terre. Les déesses préparèrent leurs parures: Junon, son éventail d'or et de plumes de paon; Minerve, son casque étincelant; Vénus, sa plus brillante ceinture. En outre, chacun apprêta un riche cadeau de noce.

MERCURE EXPLIQUA AU BERGER PARIS LES ORDRES DE JUPITER : IL DOIT DONNER LA POMME A CELLE DES TROIS DÉESSES, JUNON, MINERVE ET VÉNUS, QU'IL TROUVERA LA PLUS BELLE.

Afin que la fête ne fût pas troublée, on n'avait pas invité la Discorde, haïssable déesse dont la tête est toute hérissée de serpents. Mais, la veille de la noce, Vénus alla lui rendre visite en secret, un panier à la main, et arrivant, elle dit : « Veux-tu te venger du roi qui t'a oubliée ?

— Certainement, sifflèrent joyeusement les serpents !

— Eh bien, voici une Pomme d'or que j'ai commandée pour toi à mon mari ; viens la jeter demain parmi les convives, chacun la voudra, on se querellera et tu seras contente... » La Discorde battit des mains.

Le lendemain donc, au moment où Bacchus versait la dernière coupe de vin, on entendit près de la salle du festin des cris de fureur et on vit paraître une tête pâle où sifflaient des serpents. C'était la Discorde qui cria : « Ah ! ah ! on ne m'attend pas ici, mais je viens tout de même, et voilà aussi mon présent de noce... » En même temps elle jeta sur la table une Pomme d'or, où étaient gravés ces mots : A la plus belle !

Aussitôt, chacune des déesses se regarda dans son miroir et cria : « C'est

EROS, FILS DE VÉNUS, AVEC SES FLÈCHES ET SON ARC.

moi ! c'est moi ! », sauf Diane, qui, rajustant son arc sur son épaule s'éloigna, aussi belle que les autres ; mais point vaniteuse. Junon, Minerve et Vénus, au contraire, se lançaient des regards jaloux et courroucés.

La jeune mariée hocha sa jolie tête couronnée des roses blanches des fiançailles ; elle aurait voulu voir toutes les déesses satisfaites et murmura tristement : « Hélas ! il n'y a qu'une pomme !

— Oui ! repartit Jupiter, il faut faire un choix. Quels seront les juges ? »

Mais personne ne se présenta, chacun craignant la colère des deux déesses qui ne seraient pas choisies. Alors Mercure proposa : « Consultons le prince Pâris, fils du roi Priam, car il est le plus beau parmi les hommes.

— Tu parles sagement, dit Jupiter ; ce qu'il jugera sera bien jugé sur terre et dans l'Olympe. Prends donc la pomme de la Discorde et conduis les déesses vers Pâris. »

⁎⁎

Un blanc nuage déposa les quatre voyageurs sur le mont Ida où Pâris jouait de la flûte en gardant ses troupeaux. Aussitôt Mercure expliqua au berger les ordres de Jupiter ; puis chacune des déesses à son tour s'avança :

« Regarde-moi, dit Junon d'un ton impérieux. Donne-moi le prix et je ferai de toi un roi puissant. » Sans répondre, Pâris courba la tête, plein de respect et de crainte....

Minerve dit d'une voix fière et harmonieuse : « L'intelligence s'ajoute à ma beauté ; donne-moi le prix et je ferai de toi un sage roi, chéri de ses peuples ». Pâris baissa les yeux, intimidé par l'air grave de la déesse.

Alors, souriante et gracieuse, Vénus murmura d'une voix douce : « Vois mes colliers, mes bracelets ; je suis la Reine de Beauté et je t'accorderai pour femme la princesse Hélène, belle entre toutes. »

Pâris la regarda avec ravissement, puis, se jetant à genoux, il plaça la Pomme d'or dans la main de Vénus triomphante.

UNE NUIT, PSYCHÉ SE LEVA SANS BRUIT, ALLUMA SA LAMPE ET L'ÉLEVA AU-DESSUS DE SON MARI ENDORMI
POUR EN VOIR LE VISAGE, QU'ELLE NE CONNAISSAIT PAS.

PSYCHÉ

Voici l'histoire que racontaient les jeunes fiancées grecques en brodant de fleurs leur écharpe de noce :

Il y avait dans l'île de Crète une jeune princesse si ravissante qu'on venait des plus lointains pays pour l'admirer.

Cela déplut à Vénus qui appela son fils Eros, dieu de l'Amour, et lui dit : « O mon enfant chéri, la princesse Psyché se laisse appeler la Belle des belles, et ce nom m'offense. Va donc lancer contre elle une de tes flèches empoisonnées, afin que son cœur se remplisse d'amour pour quelque monstre que je lui enverrai. »

Eros prit son arc et s'envola vers la terre. Il aperçut bientôt Psyché endormie sur l'herbe dans le jardin du palais. Il choisit sa flèche la plus pointue, puis, pour viser, il regarda la jolie dormeuse... Alors il retint sa flèche en murmurant : « Voilà vraiment la Belle des belles, et c'est moi qui serai son époux. »

LE ROI DE CRÈTE FIT DES SACRIFICES ET CONSULTA L'ORACLE POUR FAIRE CESSER LA PESTE.

Vénus fut irritée de la désobéissance de son fils et, pour supprimer sa rivale, elle fit éclater en Crète une grande peste. Le roi envoya consulter l'oracle de Delphes qui répondit : « C'est un châtiment des dieux ! Pour le faire cesser, il faut que ta fille Psyché se pare de la robe blanche des fiancées et que le cortège nuptial la conduise au bord de la mer ; là, on la laissera seule et un monstre viendra qui l'emportera dans sa caverne.

— Donner ma fille à un monstre ! Non, non ! s'écria le roi. Je partirai plutôt avec elle et je la cacherai si bien que nul ne la découvrira. »

Mais Psyché secoua la tête : « Cher père, j'aime mieux être dévorée que de voir notre peuple périr par ma lâcheté. »

Alors, un soir, après avoir embrassé ses parents plus tendrement que jamais, elle fit sa plus belle toilette, et le lendemain matin on trouva sa chambre vide : elle était allée attendre le monstre sur le rocher. Arrivée là, elle s'évanouit de fatigue et de peur.

Eros l'avait suivie de loin et il dit à Zéphyr : « Si le monstre vient, je veux le tuer ; en attendant, emporte Psyché dans mon palais d'or pour qu'elle soit rassurée en rouvrant les yeux. »

*
* *

Quand la princesse sortit de son évanouissement, elle se vit dans une salle magnifique et entendit une voix qui disait : « Tu es dans le palais de l'époux que les dieux t'enverront ce soir, ô Belle des belles. »

Psyché se promena dans le grand parc plein de fleurs, puis elle retourna dans sa chambre et, quand la nuit tomba, elle s'endormit. Bientôt, cependant, elle s'éveilla, car son mari était venu et il lui parlait doucement. Ainsi, chaque soir au crépuscule, il arrivait et, à l'aurore, il avait disparu, parce qu'il est absolument défendu aux mortels de voir les dieux face à face.

Une nuit pourtant, Psyché se leva sans bruit, alluma la lampe et
l'éleva au-dessus de son mari endormi.

Ah ! Quel beau visage ! Mais la main de Psyché tremblait, la lampe laissa
échapper une goutte d'huile chaude, qui tomba sur la main d'Eros, et il se
réveilla : « Oh ! chère âme indiscrète, dit-il, qu'as-tu fait ?... Ne t'avais-je
pas demandé d'avoir confiance ?... Maintenant, les dieux sont irrités...
et voilà notre bonheur fini, car je dois te quitter ; adieu pour toujours ! »

Il s'enfuit. Psyché resta seule, pâle, tremblante, demi-morte...

*
* *

Quand Psyché regarda autour d'elle, le Palais d'Amour et les jardins
fleuris étaient disparus, il n'y avait plus que rochers, buissons épineux.
Elle se mit à pleurer en disant : « Ceci est ma faute ! Mais j'irai vers la
mère de mon mari pour l'implorer et je me soumettrai à toutes les péni-
tences afin qu'il me soit pardonné. »

PSYCHÉ PASSE DEVANT LES TROIS PARQUES ET JETTE UN GATEAU DANS LA GUEULE DE CERBÈRE.

Elle se mit en route et marcha longtemps. Arrivée dans le beau temple où habitait Vénus, elle se jeta à ses genoux et lui dit : « Reine de beauté, je suis Psyché qui a perdu son bonheur par sa désobéissante curiosité. Que dois-je faire pour être pardonnée ?

— Irais-tu puiser une cruche d'eau à la Fontaine d'épouvante ? demanda Vénus ; elle est près d'ici, mais gardée par un énorme Dragon.

— J'irai », dit Psyché. Elle prit la cruche et s'approcha à petits pas, vit le Dragon enchaîné près, de la source et s'assit juste assez loin pour qu'il ne pût pas la toucher ; puis, profitant d'un instant que le monstre bâillait, elle remplit sa cruche avant qu'il refermât sa gueule.

En recevant la cruche, la déesse dit : « C'est bien ; mais vois-tu ces énormes moutons de l'autre côté de la rivière? Ils ont de si grandes cornes qu'elles font peur même aux loups…. Néanmoins, leur laine est si douce et brillante que j'en veux avoir une robe ; seulement il faut la prendre au clair de lune : Oseras-tu aller la chercher ?

— J'irai », répondit Psyché.

Elle descendit vers la rivière et la suivit, cherchant vainement un gué.

A ce moment, la lune, se levant, laissa voir un grand cygne qui relevait ses ailes comme pour former un bateau. « Merci ! Oh merci ! » murmura Psyché, comprenant qu'il faisait ainsi pour la porter sur son dos à travers la rivière, et elle s'assit parmi les blanches plumes.

Sur l'autre bord, le troupeau de moutons venait de s'endormir, après avoir tant joué, tant couru, tant lutté que les ronces étaient couvertes de touffes de laine ; aussitôt elle en recueillit les flocons, et bientôt il y eut dans sa tunique un paquet de laine plus gros qu'elle, et comme la lune se couchait, le cygne lui fit repasser la rivière.

A son réveil, la déesse lui dit : « Tu es vaillante ! Va maintenant dans mon grenier ; il est plein de graines mélangées, froment, orge, seigle, mil ; or je veux demain matin offrir à mes colombes l'un ou l'autre de ces grains sans mélange. Sépare-les donc en quatre tas. »

Psyché se met à l'œuvre. Les minutes et les heures se succèdent et les monceaux de semences choisies grandissent autour d'elle, mais quels petits tas à côté de ce qui reste ! Vers la fin de la nuit, elle s'assied par terre, et, s'appuyant un instant contre une colonne, elle s'endormit de fatigue...

Or, au temps où elle était dans le Palais d'Amour, elle avait souvent émietté du gâteau près des fourmilières du jardin.... A présent, les fourmis s'appellent les unes les autres, il en sort de tous les trous, il en vient par tous les chemins, et, faisant la chaîne, elles achèvent les quatre tas, d'un côté l'orge, de l'autre le mil, de l'autre le seigle et enfin le froment....

Quand le premier rayon du soleil levant éveilla Psyché, tout était en ordre et déjà les fourmis s'en allaient. A ce moment, la déesse entra et, stupéfaite devant les quatre monceaux, elle dit à Psyché :

« Je vois que, si tu avais l'immortalité, tu serais digne de mon fils. Prends donc ce flacon et descends chez Pluton pour demander à Proserpine d'y mettre l'Essence d'Immortalité qu'elle seule possède.

— J'irai, répondit Psyché.

Le flacon noué soigneusement dans son écharpe, Psyché partit aussitôt.

Arrivée au bord du Styx qui fait neuf fois le tour du Royaume des morts, elle y trouva la barque qui va sans cesse d'une rive à l'autre. Caron, le vieux batelier, la regarda de travers :

« Où vas-tu, toi vivante ? » lui dit-il d'une voix menaçante.

Psyché entr'ouvrit son écharpe et montra le flacon divin.

« Ah ! Un message pour Proserpine ! marmotta Caron; va donc, et prends le chemin du milieu, car celui qui descend conduit au fond du noir Tartare où habitent les méchants ; celui qui monte mène aux Champs Élysées où demeurent les justes. Le palais de la reine est entre les deux. »

En approchant sur l'autre bord, Psyché entendit un triple aboiement furieux : c'était Cerbère, le chien des enfers ; elle lui jeta trois pains d'orge dans trois directions et, pendant que chaque gueule mangeait le

PSYCHÉ DEMANDE A PROSERPINE
L'ESSENCE D'IMMORTALITÉ.

TOUT A COUP PSYCHÉ SE TROUVA DANS L'OLYMPE EN FACE DE SON ÉPOUX. SES ÉPREUVES ÉTAIENT
TERMINÉES ; ELLE AVAIT CONQUIS LE BONHEUR IMMORTEL.

sien, elle courut jusqu'au grand palais sombre qu'elle apercevait au loin.

La triste Proserpine lui demanda : « Jolie créature pleine de vie, que viens-tu chercher au pays des Morts?

— L'Essence d'Immortalité, afin que Vénus me rende mon époux.

— Tu demandes un don infiniment précieux, mais ton persévérant amour le mérite », répondit la déesse, et, prenant le flacon, elle souffla dedans.

Prompte comme l'oiseau, Psyché prit sa course vers le Styx et quitta le sombre séjour. Bientôt elle se retrouva devant le trône de Vénus et lui présenta le divin flacon.

« Ouvre-le et respire l'Essence qu'il contient » dit la déesse souriante.

Psyché obéit... Aussitôt elle fut enveloppée d'une vapeur blanche, brillante et parfumée et elle se sentit grande et belle comme les Immortels...

Tout à coup elle se trouva dans l'Olympe en face de son époux qui lui tendait les bras en s'écriant :

« Les épreuves sont finies, entrons dans le « Bonheur pour toujours. »

9382.14. — Corbeil. Imprimerie Crété.